JUSTINE LÉVY

LE RENDEZ-VOUS

FRANCE LOISIRS
123, boulevard de Grenelle, Paris

Une édition du Club France Loisirs, Paris,
réalisée avec l'autorisation des Editions Plon

ISBN 2-7242-9233-2

Pour Isabelle D.

1

Je suis ce que maman a fait de mieux. C'est, du moins, ce qu'elle prétend.

«Tu es un miracle, mon petit miracle», me disait-elle, dans un élan de tristesse.

Le miracle, ce n'était pas moi, ni mon prénom, ni mon visage, mais le souvenir du bonheur qu'ils évoquaient. Le miracle, c'était ma ressemblance avec celui qu'elle aimait, et qui l'avait quittée. Le miracle était que j'existe après que leur amour fut mort. Ce prolongement de papa en moi, ce prodige ordinaire d'un père dilué dans son enfant.

Quand elle me prenait dans ses bras, elle scrutait dans mon visage la marque du sien, de son sourire, de son regard. Longtemps, elle s'est accrochée à ces coïncidences, à nos ressemblances. Papa demeurait en moi. Leurs vies étaient, à travers moi, l'une à l'autre liées. Splendeur et misère de cet amour...

Et puis, le dernier acte : j'avais sept ans, il fallait partir, disons que j'ai pris la fuite. Elle vécut la chose, je le sais, comme une terrible défaite. Quant à moi, en la quittant ainsi — et à mon tour —, je crois bien que je l'ai perdue. Depuis combien de temps ne m'a-t-elle plus serrée contre son cœur ? Enfin... C'était avant, et cela me manque.

Sa tendresse est ailleurs à présent. Je la perçois de temps en temps, par lueurs, dans son rire, au téléphone, dans cette manière qu'elle a de porter son manteau de renard gris, et ce parfum dans la fourrure... Ce parfum, est-ce tout ce qui me reste d'elle ?

Un message, hier, sur mon répondeur : «Bonjour, Minou, je suis rentrée de Kuala Lumpur, j'ai mille bêtises à te raconter. Seras-tu place de la Sorbonne, à L'Ecritoire, demain, à onze heures ? Je t'embrasse, mon chat.»

«Mon chat.» Bon. Quand d'autres disent «mon bébé», «mon ange», «ma petite fille chérie», elle dit «mon chat». Le tout est de s'entendre.

Pour l'heure, elle est en retard, comme d'habitude. Que ce soit clair : maman est chronostique; le temps existe, mais elle n'y croit pas. C'est ainsi. Pourtant, elle éprouve toujours le besoin de se justifier. Alors elle raconte n'importe quoi, à toute allure. Poursuivie par un tueur à gages... Allée voter par procuration pour une vieille tante enrhumée... Sauvé un chat de la noyade... Pas réveillée... Rendormie... Un somnifère au lieu d'une vitamine... Mordue par la dame de la poste restante...

Petite, j'avais besoin de ses mensonges, même s'ils me faisaient de la peine. Maintenant, ce qui me désespère, c'est de ne plus la croire. Alors je fais semblant, par lassitude; elle n'a même plus le souci de bien mentir. C'est toujours invraisemblable, mais elle tient bon.

Maman ment. Voilà. C'est son remède au

spleen ou à sa maladie de l'inconséquence. La réalité ricoche, rien n'a d'importance : elle fume un joint au petit déjeuner, oublie de dîner, s'endort dans un bus.

« Hé oui, Minou, je suis fantasque de carrière.

— De carrière ?

— Comme les militaires. »

L'été dernier, un de nos dimanches « ensemble », nous avions rendez-vous chez des amis, à Chartres. Maman conduisait. Tout à coup, elle a tourné à droite.

« Par là, ça me plaît.

— Mais tu es folle !

— J'espère bien ! »

Finalement, nous nous sommes retrouvées à Cannes. Nous n'avons jamais revu les amis en question.

Une fois, une seule, je lui ai demandé de m'expliquer. Comment peut-on vivre en dehors de tout, dans l'illusion la plus parfaite ?

« Tu sais, mon chat, l'illusion du bonheur, c'est toujours le bonheur d'une illusion... »

Le rendez-vous

Maman, grande sage devant l'Eternel.

Enfin, elle va venir. Car c'est tout de même l'essentiel : maman finit toujours par arriver. Elle commandera une bière pression, dessinera un cœur dans la mousse avec son doigt. Elle ne la boira pas : elle n'aime de la bière que sa couleur. J'ai l'impression de la connaître sur le bout des ongles. Et pourtant, combien de fois, la voyant arriver, me suis-je dit : ce n'est pas elle !

Elle est désarmante.

Elle va venir et, quand elle entrera dans le café, elle tirera à elle tous les regards, et le silence se fera autour de nous.

2

Autant le dire : maman est belle, très, très belle.

Longtemps, j'ai contemplé sa beauté dans l'œil des hommes qui la croisaient. J'y trouvais une fièvre, une promesse de danger. Un jour, il y a dix ans, je suis tombée sur une couverture de *Vogue*, une des dernières qu'elle ait faites avant de sombrer, de passer à l'autre vie — cette vie de bohème et de désordres dont je me sens un peu coupable et qui me fait, depuis, si peur.

Je l'ai regardée, ce jour-là, comme si je la voyais pour la première fois. Quoi ? Cette statue dorée, aux yeux étirés vers les tempes, c'était donc elle ! J'ai affiché la photo au-dessus de mon lit, à la place de Garbo, et je me suis figée d'admiration. C'est ma maman!

J'ai compris quels avantages je pouvais tirer de la situation. J'étais déjà partie vivre chez papa. Je la voyais peu. Je lui ai volé son book de mannequin, un grand classeur vert que j'ai méthodiquement dépecé. Et elle s'est retrouvée projetée sur les murs de ma chambre, jusqu'au plafond : maman partout, aux quatre coins de la pièce, me souriant et courant vers moi en bikini moiré; maman en lamé argent, perruque de perles et Marlboro aux lèvres; maman en noir et blanc derrière une grille; maman sur des skis nautiques, des vagues d'écume tout autour d'elle; maman qui me fixait de ses larges yeux clairs; maman à bicyclette dans la campagne; maman avec un flacon de Chanel N° 5; maman à demi nue sous le soleil; maman morcelée, la bouche sur une bouteille de champagne; maman en robe du soir dans une baignoire; maman de profil, le nez taillé si net...

Maman jusqu'à l'écœurement, maman jusqu'à la nausée. Maman qui me regardait, la nuit, le jour, enfermée avec moi entre ces murs, et qui, pourtant, me manquait comme jamais. Maman toujours là et, pourtant, tellement ailleurs... Maman vers qui je tendais les bras et qui ne me reconnaissait pas...

Je lui ai rendu son book.

Elle n'a pas eu une seconde de trouble. «Tiens, tu en as déjà assez, toi aussi...»

Elle a changé depuis; sa beauté s'est, comment dire? fondue dans son visage.

Elle plaît toujours aux hommes, mais, incapable d'aimer, elle se chauffe à leurs rayons et glisse de l'un à l'autre, indifférente. En fait, elle ne se paie ni de rêve ni de littérature: son appétit solide, nourri d'un certain mépris, la pousse à voir dans chaque homme un pur objet de consommation. Triste gourmandise, triste liberté... L'apparence de l'amour, les gestes, la musique, mais le son est faux: ce n'est que du théâtre et elle s'arrête toujours au premier acte; l'invitation au voyage, mais pas de vrai voyage... Ne surtout pas approfondir.

Ne jamais se retourner. Fuite en avant, absolu détachement.

C'est amusant, finalement, la débauche. Elle épuise ses amants, les essore; ils tiennent rarement plus de deux mois. D'ailleurs, s'ils ont l'indélicatesse de s'accrocher, voire de tomber amoureux — quelle audace! —, elle s'en débarrasse aussitôt. Après tout, ce n'est que justice.

Car j'ai fini par comprendre qu'ils n'étaient, la plupart du temps, que de pâles doublures de papa. Des petits violonistes, de vagues saxophonistes, des pianistes de music-hall, des chanteurs de variété pop... Elle pourrait, évidemment, trouver mieux; mais il ne faut pas que l'un d'eux, un jour, puisse remplacer, égaler, mieux — sacrilège! — dépasser son amour défait. Il plane au-dessus d'elle ou surgit, au contraire, comme un diable de sa tête, dont elle redoute les sursauts.

Elle en veut à ces hommes de n'être que ce qu'ils sont, de n'être jamais Lui... Quel drôle de pacte, quelle étrange fidélité... Cette existence mutilée...

Il y a quelque temps, pourtant, elle s'est remariée. Espérait-elle un coup de foudre à la mairie ? Toujours est-il qu'Alex et elle ne passèrent pas leur nuit de noces ensemble et que, deux mois plus tard, ils demandaient le divorce.

Il m'arrive de le croiser, dans ce Quartier latin où il a toujours ses habitudes, et, aujourd'hui encore, il semble abasourdi, s'accroche à la moindre miette de souvenir. Que s'est-il au juste passé ? Quelles obscures raisons ont poussé cet homme orgueilleux, talentueux, à se laisser ainsi duper, humilier, déposséder, piétiner ? Lui-même n'a pas d'explication. Il ne lui reproche rien. Quelques instants de grâce, dit-il. Son drôle de mouvement de la main, désinvolte et précis, quand elle se remettait du rouge. La petite fille en elle. Son profil effilé. Cette détresse dans le regard, sa voix qui soudain se brise, son air de dire « aide-moi, au secours », même quand elle l'envoyait au diable...

3

Pourquoi? Pourquoi l'a-t-elle laissé partir? Ne savait-elle pas qu'en perdant papa elle verrait son bonheur s'évanouir et qu'elle ne serait plus vraiment en vie? Je me suis toujours dit qu'un jour je chercherais. Qu'un jour, il serait temps pour moi de savoir, de comprendre.

Maman, ma maman, je voudrais tant t'aider, laisse-moi t'aider, laisse-moi veiller sur toi.

Mais maman n'entend pas, elle n'a jamais voulu entendre, elle ne laisse plus personne être gentil avec elle. Et puis... de quel droit y prétendrais-je, moi qui l'ai aussi, à ma façon, abandonnée?

Maman si seule. Si fière, et si seule. Le temps,

pour elle, s'est arrêté. Ces tortures qu'elle chérit. Ces ruines, ces restes qui n'en finissent pas de se rappeler à elle. Parfois, elle s'éveille en sursaut : il est là, il revient, elle aperçoit au loin son long manteau noir, mais ce n'est plus lui, ce n'est jamais lui qui le porte. Alors, seule dans son lit, ou aux côtés d'un compagnon de passage, elle pleure son bonheur perdu.

La vie continue, bien sûr, avec son cortège de plaisir et de fous rires. Mais sur ses lèvres, maintenant, il y a de la résignation.

De temps en temps, une fièvre : elle se consume dans l'alcool, les pharmacopées ou le petit banditisme, et, les paupières lourdes, se regarde dépérir avec une certaine volupté. Elle oscille comme un pendule, de la douleur à la gaieté. Parfois, je tremble : de quel côté va-t-elle verser ?

Bon. Me voilà seule, maintenant, à L'Ecritoire, presque vingt ans après. Seule, sur cette moleskine usée, dans ce café où tout a commencé et où je suis revenue, aujourd'hui, comme en pèlerinage. Ce passé qui ne m'appartient pas et que j'annexe... Ces souvenirs qui me viennent et où je ne fais plus, d'ailleurs, la part de l'imagination... Sa mémoire? La mienne?

Enigme que l'on puisse s'aimer si fort et se séparer un jour. Et pourquoi n'y a-t-il pas une plaque, à l'entrée : «Ici se sont rencontrés Alice D. et Aurélien H.»?

Indignation.

Ses cheveux rouges de henné, le grand trait de khôl sous ses yeux clairs, ses airs d'ange déchu, mais souveraine comme jamais... J'entends sa voix dans le vacarme.

Maman. Ma maman. Je l'appelle maman quand je parle d'elle. Mais pour bien lui signifier combien le rôle lui va mal, ou la dépasse, je lui donne de l'Alice quand elle est là.

Maman... Qui, en réalité, est la mère de l'autre? N'est-ce pas elle qui oubliait de venir me chercher à la sortie de l'école, rue Saint-Benoît, et moi qui remplissais ses feuilles de Sécurité sociale? N'est-ce pas elle qui, dans les magasins, volait — et vole encore — comme on éternue et moi qui tente de la couvrir? Oh, bien sûr, son instinct maternel se réveille, parfois. Une année, elle avait décidé, contre mon gré, de se rendre à une réunion de parents d'élèves. Elle est arrivée, splendide mais ivre morte. C'est ce jour-là — je m'en veux encore — que je l'ai traitée de mère indigne.

Je sais, maintenant, qu'il y a de la constance dans son inconstance. Si la femme est infiniment séduisante, la mère est dangereuse. Le tout est de le savoir.

Ma grand-mère, Nany, la première, a découvert dans quel tourbillon maman me faisait vivre. J'avais quatre ans. Elle passait rue des Saints-Pères dans son Austin rouge, quand, à l'angle de la rue de Grenelle, surgit d'un camping-car une ribambelle de petits romanichels nu-pieds, chantant à tue-tête des airs paillards et traversant hors des clous. J'étais en queue du train, un pouce dans la bouche, affublée d'une cape orange trop grande pour moi. Nany n'a rien dit. Mais elle m'a prise par la main et m'a emmenée au bout du monde, à l'abri, dans un grand appartement de la rue de

Tilsitt. J'y ai goûté, quelque temps, un bonheur aseptisé et chaud. Alice redevenait maman tous les samedis midi. Je sais qu'elle a souffert, elle aussi, de cette séparation. Alors elle m'a reprise, un peu plus tard, oh! pas pour très longtemps, dans ses grandes spirales d'amour et de folie.

Bravo, continue, attendris-toi sur ta petite vie! Sais-tu seulement où cela va te mener? La tristesse... Cette nostalgie que tu détestes... cette image de toi qui te fait si peur...

Mais bon! De toute façon, maman arrive. Et quand elle sera là, on ne parlera pas du passé. On ne parle jamais du passé avec elle. Elle a dit «mille bêtises à te raconter», et je suis sûre que c'est vrai, et sûre qu'on va beaucoup s'amuser.

4

D'où revient-elle déjà ? Ah oui, Kuala Lumpur. Qu'est-elle allée faire là-bas ? Bien sûr ! Une de ses anciennes amies y est en prison pour trafic d'héroïne. Chère maman... Si inconséquente, là aussi... Capable de me laisser des mois sans nouvelles alors qu'elle habite à huit stations de métro et prête à aller au bout du monde visiter, dans une prison pouilleuse, une Sophia qui, j'en suis sûre, se fiche d'elle comme de sa première moto...

Que maman aime aussi les femmes m'a toujours semblé aller de soi. J'ai même compris, toute petite et dès le départ de papa, que l'information ne devait pas sortir du cercle qui, à l'époque, gravitait autour des Editions des

Femmes et que ce n'était peut-être pas la peine d'aller le crier sur les toits de l'école.

Bien plus que la situation, qui ne me choquait pas outre mesure, c'est elle, Sophia, qui m'inquiétait. Sa bouche tordue, son expression butée, ses cheveux paille... J'évitais autant que possible de lui parler.

Parfois, le samedi soir, elles décidaient d'aller au cinéma. J'étais là, et alors? Quand je ne voulais pas rester dans la voiture — j'avais toujours peur qu'elles ne reviennent plus me chercher — elles m'emmenaient sans problème. La plupart du temps, c'étaient des films classés X. Il n'est jamais trop tôt pour commencer l'éducation des enfants.

Elles expliquaient à la caissière: «Elle n'a que trois ans, vous ne croyez tout de même pas qu'elle va regarder le film!» En effet, je finissais toujours par m'endormir. Mais j'ai encore en tête de drôles d'images troubles et, heureusement, confuses. Maman pensait-elle que j'étais trop petite pour comprendre? Elle n'avait pas tort. Mais c'était compter sans ma mémoire involontaire, cette deuxième mémoire, moins innocente qu'elle ne le supposait. Maintenant, je me souviens de tout. Et je comprends. Et je crois bien que je lui en veux.

Quelle heure est-il ? Bientôt une heure. Déjà une heure !

« Garçon !

— Qu'est-ce qu'elle veut, la petite dame ?

— Votre plat du jour ?

— Tarte aux poireaux. Mais je vous conseille la potée auvergnate. Fameuse.

— Je préfère la tarte aux asperges.

— Poireaux. J'ai dit : poi-reaux !

— C'est bien aussi. Mais vite, s'il vous plaît ; j'attends quelqu'un et l'odeur du poireau, n'est-ce pas...

— Je comprends (œil complice).

— Je ne suis pas sûre (air drapé).

— Et un plat du jour ! Un ! » (Air du type pas content, qui aurait bien aimé me refiler sa potée auvergnate.)

Maman sera là d'un instant à l'autre.

J'espère qu'elle ne m'en voudra pas d'avoir commencé sans l'attendre.

Oh, et puis zut! Voilà presque un an que je suis sans nouvelles, tout va très bien pour moi, merci, elle débarque sans crier gare, et il faudrait, en plus, que j'accepte de mourir de faim! Mais a-t-elle encore idée de qui je suis? Va-t-elle me reconnaître? La jeune femme que je suis devenue a-t-elle tenu les promesses de l'enfance?

Bonjour, madame, je m'appelle Louise, j'ai dix-huit ans et je suis votre fille. J'ai l'air heureux? Je le suis, en effet. Obstination ou habitude, je ne sais plus. Amoureuse? J'ai un amant, il est délicieux et flatte mon orgueil, mais est-ce lui que j'aime ou ses baisers? Je suis exigeante et mes amours sont rares. En somme, je suis vierge de cœur et j'attends le Prince charmant.

Comment? Non, vous avez raison, je n'ai encore jamais vécu, mais ce n'est pas grave, je ne suis pas pressée. Pour l'heure, je viens, non sans peine, de passer mon bac et j'ai besoin d'au moins dix ans de repos.

Non merci, je ne fume pas. Ah, vous lisez dans les mains ? Tenez regardez, c'est curieux, ma ligne de vie est très courte. La vôtre aussi ? Cela me rassure. Vous pensez qu'un tatouage, en la prolongeant un peu, pourrait influencer le destin ? Si vous le dites... C'est vrai, ma ligne de cœur est longue et sinueuse, je n'avais pas remarqué. Je vais vous faire une confidence : je crois que j'aime un autre garçon. C'est une sensation nouvelle et intéressante. Je l'ai rencontré au petit café de la rue Mangeclous, un jour de goguette de lycéenne. Le front pâle sous un tumulte de boucles brunes... Il ne m'en fallait guère davantage. Son prénom ? Le plus charmant du monde. Il résonne en moi et me donne le vertige. Il s'appelle, je l'appelle Adrien. Non, nous ne nous sommes pas encore parlé. Oui, je suis d'un tempérament romantique et j'ai besoin autour de moi d'une nébuleuse d'étoiles... Hélas, madame ma mère, faudra-t-il qu'un jour, moi aussi, j'éprouve ce vide, ce sentiment d'abandon et de cœur qui se brise ? L'expérience de votre désespoir m'a-t-elle prémunie contre l'amour et ses naufrages ? J'ai beaucoup lu, vous avez beaucoup pleuré, mais ma foi est intacte, et j'apercevrai à mon tour, j'en suis sûre, l'éternité dans les yeux d'Adrien.

Nous en parlerons plus longuement, puisque cela vous intéresse. Mais à condition que vous ne tardiez plus. La patience des jeunes filles, quand elles sont amoureuses, a des limites.

Deux heures de retard, déjà! Qu'est-ce que tu fabriques? Quelle excuse inventeras-tu cette fois?

Je pourrais t'appeler, bien sûr! Mais je ne sais plus vraiment où tu habites.

Le sais-tu toi-même? Tu as toujours méprisé le confort et pratiqué les loyers en retard. Tu n'as jamais cédé aux plaisirs de la poutre app, ni aux contraintes des huissiers. Tu dors à droite, à gauche, chez les uns ou chez les unes, avec un amant argentin ou une copine de galère, dans un relais-château ou un squatt à Vincennes...

Tu t'en fiches, tu brouilles les pistes, tu t'y perds, cela te fait rire. Et moi, là-dedans? Est-ce que tu crois que je ris?

Le rendez-vous

Et si elle ne venait pas du tout ?

Délibération.

Pile, c'est oui, face, c'est non. Mais si c'est face, c'est pile, pour conjurer le mauvais sort. Et si c'est pile, c'est pile, il n'y a pas de raison. Donc c'est pile. Je le savais. Elle ne pouvait pas ne pas venir. Mais alors pourquoi n'est-elle toujours pas là ?

5

Ce vide, autour de moi, ce vide de tout ce qui n'est pas elle. Et pourtant, la terre tourne, tourne, elle n'en finit pas de tourner même quand on passe un an sans se voir. Tous ces gens ici, qui vivent, qui respirent, qui transpirent, qui attendent, eux aussi, peut-être... Cette masse compacte et floue, à l'heure du sandwich... Rien ne dépasse, rien n'attire le regard...

Bon. Arrêter de penser à elle. M'occuper un peu du reste. De cette femme, là-bas, qui fait la coquette, la pauvre, ses cheveux pris dans la laque, elle doit se trouver très bien. L'autre, en face, son menton qui s'enfuit, déjà happé par le cou. Ce type, au bar, son air de savoir pourquoi il est là, son nez en colimaçon. Ces étudiants qui commandent des steaks tartares bien relevés ou des cafés frappés et racontent des blagues de khâgneux : mets un Vrin à tes ambitions... PUF PUF PUF... Ou parlent de la littérature à la télé : Proust se serait planté, Montesquiou aurait fait un tabac... On s'en fiche, de Montesquiou ! Ne voyez-vous pas que maman n'est pas là, que ce n'est pas normal, qu'il lui est arrivé quelque chose et que Louise est folle d'inquiétude ? Cette fille, là, devant vous, qui fait semblant de rêver alors qu'elle a envie de pleurer... Ne voyez-vous pas que j'ai mal et que je vais m'évanouir ?

« Et c'est pour qui la bonne tarte aux poireaux ?

— Pour moi, merci.

— Et voilà ! Attention c'est chaud.

— Je peux avoir des cornichons et du ketchup ?

— Du ketchup ? Avec ma tarte aux poireaux ?

— Mais oui.

— Quelle jeunesse !

— Elle a *toujours* aimé le ketchup.

— Qui «elle»? C'est pas pour vous, la tarte aux poireaux?

— Cherchez pas. Vous allez comprendre. Elle va arriver et vous n'y penserez même plus, à votre ketchup.»

Le goût du ketchup... Encore une chose que je lui dois. Elle dit toujours : «Pas de repas sans couleur, pas de repas sans ketchup.» Allons! Je vais vider la moitié du pot. Peut-être que cela la fera venir plus vite...

Mais oui! Enfin! Qu'est-ce que je disais: la voilà! Son long manteau cintré... Cette silhouette, à contre-jour, que je reconnaîtrais entre mille... Maman... Maman chérie... Tu vois, pour le ketchup, c'est toi qui avais raison, cela marche à tous les coups...

Pauvre gourde! Rassieds-toi vite. C'est Amélie. Confondre maman et cette idiote qui se prend pour une vedette sous prétexte qu'elle a posé deux fois pour *Jeune et Jolie*... je suis furieuse... Je la déteste... Oser singer maman... Abuser de ma myopie... Et, en plus, je la connais : elle sera si fière que je me sois levée pour l'accueillir qu'elle va me coller pendant une heure. Branle-bas de combat. Tous aux abris. Elle a mis son air de starlette genre « excuse-moi-de-t'avoir-fait-attendre-excuse-moi-d'être-si-belle ». Si je pouvais me sauver, me cacher derrière ma tarte aux poireaux... Trop tard.

« Bonjour, Louise, qu'est-ce que tu fais là ?
— J'attends une copine.
— Et tu déjeunes sans l'attendre ?
— Elle est anorexique.
— C'est qui ?
— Tu connais pas.
— Ça m'étonnerait, je connais tout le monde...
— Elle s'appelle Epaminondas.
— Epa... Je vois pas. C'est une nouvelle ?
— Sans doute.
— Tu sais quoi ? Il m'est arrivé un de ces trucs... Il faut que je te raconte...
— Dans les grandes lignes, alors...
— Je devais passer un oral de langue

ancienne avec M. Schmirtz. Tu situes ? J'entre dans l'amphi Richelieu... Démarche mannequin, forcément... Mais complètement tétanisée... Je m'approche, et je lui fais, tiens-toi bien : "Est-ce que je peux m'assire ?"

— Je vois...

— Et tu sais ce qu'il me répond, le salaud ?

— ...

— "Non, mais vous pouvez sortoire."

— Alors tu es sortoie ?

— Oui. Inutile de te dire que ça ne va pas se passer comme ça !

— Bon, Amélie, ma grande, je dois...

— Mais je parle, je parle, et tu ne m'as rien dit sur toi ! Tu sais ce qu'on raconte ? Je ne sais pas si je dois te le dire... Mais après tout, t'es mon amie, t'as le droit de savoir.

— Sympa.

— On raconte que ça gazerait plus très fort, entre David et toi. Alors, moi, je prends ta défense, je dis non, Louise, elle est pas comme ça, c'est pas son genre de tromper son mec...

— Merci.

— Mais à moi, tu peux le dire. C'est vrai ? Tu le trompes ?

— Excuse-moi, je termine ma tarte au ketchup, les poireaux vont refroidir.

— Raconte ! Raconte !

— Tu es capable de garder un secret ?

— Une tombe !

— Eh bien, oui, je le trompe.

— J'en étais sûre. Et avec quoi ? Olivier ? Manu ?

— Sébastien.

— Attends, Sébastien... Le prof d'anglais ? Noon !

— Non, Sébastien... M. Seb, si tu préfères...

— ...

— Ton père ! Mais tiens ta langue, hein ! Ça fait deux mois que ça dure.

— Je... Je ne me sens pas très bien... Je crois que je vais y aller...

— Un peu de tarte aux poireaux avant de partir ?

— Je te remercie. Ne me retiens pas. Il est tard. Je me sauve.»

Ouf. Débarrassée. Quelle nulle ! N'empêche, pendant ce temps-là, je ne pensais pas à maman, à son absence, à ses négligences.

Rappeler cette malheureuse ? « Eh, Gudule, c'était une blague ! » Oh ! et puis non. Cette fille est décidément trop idiote.

Draguer, alors ?

Ce type, là-bas, tout seul, qui me fixe depuis tout à l'heure...

Il n'est pas mal. Le lui dire ? « Dis-donc, toi, Marcel, oui, toi, minus, tu sais que t'es drôlement mignon ! » Et après, quoi ? Aller chez lui... Me laisser embrasser... Caresser... Ses grosses mains... La barbe ! Mieux vaut rester là et attendre maman.

Maman ! Maman ! Allez ! Arrive ! Et plus vite que cela ! Est-ce qu'on fait attendre sa fille ainsi, pendant des heures ? C'est ce qu'on t'a appris, dans la vie ? Eh bien, c'est du joli ! Quarante ans, et toujours pas capable de changer la pile de sa montre ou de prendre le métro sans se tromper ! Il y a des fessées qui se perdent ! Trois fois zut !

Ça y est. Triste à nouveau. Et, comme d'habitude, sans préavis. Peut-être que je manque de vitamines, de magnésium ou d'oligo-éléments. C'est important, les oligo-éléments. Je ne sais pas exactement ce que c'est. Mais c'est sûrement important, puisque maman en avale tous les matins, avant la première cigarette. Elle en est à quatre paquets par jour. Non, pas d'oligo-éléments, de cigarettes. Comment fait-elle pour fumer tant? Simple question de volonté, dit-elle... C'est bien simple, elle allume la nouvelle avec le mégot de la précédente et se réveille la nuit pour fumer. Elle dit toujours: «J'ai besoin de fumer.»

Et de moi, elle n'a pas besoin?

Est-ce qu'elle se réveille la nuit pour m'appeler: «Mon Minou, juste un baiser, un petit baiser sur ton front, dors bien, mon bébé, fais de beaux rêves...?»

Est-ce que ça lui est égal, le mal qu'elle me fait? Est-ce qu'elle pensait à moi quand elle croisait un enfant dans la rue ? Et, aujourd'hui, une jeune fille qui me ressemble ?

Est-ce qu'elle est en route ? Est-ce qu'elle va venir, à la fin ?

Elle est ma mère, c'est sûr. Elle m'a mise au monde : de cela, au moins, je lui suis reconnaissante. Quant au reste... Oh, le reste ! J'ai fini par comprendre.

Amère ? On le serait à moins. S'avise-t-elle de mon chagrin ? Se rend-elle compte que j'attends, chaque matin, une lettre d'elle qui ne vient pas ? Sait-elle qu'en oubliant mon anniversaire, c'est dix ans de vie qu'elle me vole ? Et puis ceci encore : quel malin plaisir prend-elle à noircir l'image que j'ai d'elle ?

Cette rage qui m'étouffe, parfois.

Maman, je te déteste de t'aimer tant.

Maman, je souhaite ne plus jamais entendre parler de toi.

Que n'es-tu juste égoïste, et dure, et désinvolte ! Mais voilà , tu es aussi merveilleuse, délicate, enchanteresse. Ta voix de velours... Tes cheveux flottant sur les épaules... Parfois tu m'emmènes au cinéma. Surprise. Gaieté. Et comme on s'aime alors! Voilà le drame. Voilà la tragédie. Voilà pourquoi je souffre et pourquoi c'est sans appel.

6

Et puis, il y a cette scène. Le moment le plus atroce qu'il m'ait été donné de vivre et qui sera là, en moi, j'en suis sûre, jusqu'au bout.

Cela a l'air pompeux, dit comme cela : mais j'aurai vu, ce matin-là, ma mère mourir et ressusciter entre mes bras.

Cette morsure, maintenant...

Cette brûlure, là, tout le temps...

Même ici, dans ce café où je devrais être si gaie puisque je l'attends et que je sais qu'elle va venir...

Quelque chose s'est éteint en moi, ce jour-là, à quoi je tenais plus qu'à tout — peut-être une ultime candeur...

J'ai quinze ans.

Un photographe d'une petite agence de modèles a pris des clichés de moi, je viens de les recevoir, je ne me reconnais pas, j'en déduis qu'ils sont formidables. Vite, les montrer à maman, elle va être si fière, elle qui fut le mannequin fétiche de Sarah M.

Hop hop je cours, hop le bus, hop le métro, hop Abbesses, hop rue Lepic, vite le code, 3604, les trois étages, quatre à quatre, je ne sais pas encore que je les monte pour la dernière fois.

Tralala, la vie est belle, maman c'est moi, surprise! Tiens, je n'avais jamais remarqué: sur la porte, elle a mis nos deux noms. Je viens, pourtant, si rarement...

Je sonne, ça ne répond pas.

Je suis là, elle n'a pas l'air d'y être.

«Maman, regarde, moi aussi, photos de mode, noir et blanc, escarpins pointus, rouge à lèvres!» J'insiste. Je tambourine. Peut-être dort-elle encore. A midi? Mais oui! A midi! Je tambourine encore. Toujours pas de réponse. Je me dis: «Je vais partir.» Je ne pars pas. Je colle mon oreille contre la serrure. J'entends

Belle-Lurette, le siamois, qui miaule. Je demande à travers la porte : «Belle-Lurette! Belle-Lurette! Où elle est, Alice?»

La voisine de palier sort la tête, me jauge et marmonne je ne sais quoi avant de claquer la porte. Je capte un gros mot, je feins de l'ignorer. Je suis si gaie. Un peu déçue, mais si gaie.

Je sors les photos de leur pochette. Est-ce que je lui ressemble? C'est à elle que je pensais quand le photographe me disait : «Souris, regarde-moi, danse!»

Je vais les mettre sous le paillasson, avec un petit mot. Zut, rien pour écrire! Tant pis, pas de petit mot. Sous le paillasson, en revanche, il y a la clef. Fabuleux! Je vais l'attendre à l'intérieur, elle va être si contente!

D'abord, il y a cette odeur âcre qui me prend à la gorge. Puis le désordre habituel, goguenard. Les volets tirés. Il fait sombre, et moite. Regard circulaire. Je vois des vêtements jetés sur le lit. Par terre, un chapeau d'homme. Sur les murs, partout, des photos de moi bébé, énorme, chauve, horrible petit monstre. J'en ai de plus belles, des photos, maintenant, tu vas voir ! Et puis, dans un coin, près du radiateur, il y a maman — mais est-ce bien elle ? — allongée à même le sol, entièrement nue, pelotonnée sur elle-même. Elle dort.

Je ne comprends pas. Pourquoi par terre ?

Je chuchote : « Maman ? Maman ? »

Je m'approche. Elle n'est pas pelotonnée, elle est recroquevillée, prostrée.

Je m'élance, je trébuche. Est-ce que je lui ai fait mal ? Je ne sais pas. Il y a du sang un peu partout.

Je m'agenouille. Exsangue, les yeux entrouverts, tournés vers le ciel, elle bouge un peu : de petits sursauts, des frissons...

Je me penche encore, j'écarte les cheveux, ces longs cheveux dorés dont j'ai toujours été si fière. Maman ? Qu'y a-t-il, maman ? Réponds. Qu'est-ce qu'on t'a fait, maman maman maman ! Son front laqué de sueur. Un mince filet de bave qui coule au coin des lèvres.

Je lui soulève la nuque. Je lui tapote la joue. Sa joue si froide, soudain. Réveille-toi ! Reviens à toi ! Et c'est alors que, autour de son joli bras bleui par le réseau des veines, je remarque le chiffon noué, serré et maculé de sang. Et puis, à côté, la seringue.

Je ferme les yeux. J'ai dû me tromper. Pas elle, pas ici, pas aujourd'hui, pas maman! La terre tourne, tangue sous mes pieds. Je vacille, je crie, je balbutie des mots incohérents. Et puis la rage m'envahit. Je la regarde à nouveau, avec colère, dégoût. Et je la gifle. Une grande gifle, presque un coup. Je la frappe, maintenant, avec les poings, avec les pieds, je ne peux plus m'arrêter de frapper, et je l'insulte, «dégueulasse, tu es dégueulasse, tu n'avais pas le droit, je te déteste», je la déteste, cette femme que je ne connais pas, cette inconnue qui est en train de mourir devant moi, qui ne sent plus rien, qui ne réagit pas. Elle est molle sous mes coups, maman, ma petite poupée de chiffon...

Je m'allonge près d'elle, je défais le garrot, je la prends dans mes bras, je lui embrasse le cou, les paupières boursouflées, le nez, je la berce, «maman, maman, ma maman, ma chérie, mon amour, ma petite fille, reviens, reviens à toi... Je ne te quitterai plus, nous resterons ensemble pour toujours»... Une larme roule sur le visage fermé. L'œil cille, s'ouvre, iris couleur de pluie, son regard de noyée, son regard en dedans. «Maman, regarde-moi, je suis là, c'est fini. Là... Voilà...» Un dernier spasme, elle tremble maintenant. «Maman, tu es toute pâle.» Je lui prends la main, sa main si fine, striée, elle aussi, de veinules bleues. Puis elle a un soupir, comme un hoquet, éraillé, presque un râle, elle dit «non, non» d'une voix qui vient de si loin...

Le téléphone, vite où est le téléphone, il est là, sous la pile de vieux journaux, allô, allô, pourquoi ne marche-t-il pas, ce salaud, fais un effort! La note, bien sûr... Elle n'a pas dû payer la note. Je balance l'appareil contre le mur où il vient s'écraser dans un bruit de quincaillerie.

Agitation à l'extérieur. La voisine s'exclame : c'est inadmissible ce vacarme; jamais tranquille ici; bande de dégénérés... Elle ameute l'immeuble. Elle veut appeler la police.

Puis tout devient flou. Je crois que beaucoup de temps passe. Je n'en sais rien. C'est tellement loin... Je suis là, par terre, accroupie à côté de cette femme au visage de cire, aux traits si durs. Cette femme qui est aussi ma mère... Cette femme à qui je parle, doucement, dans le noir, et qui ne m'entend pas.

Comment ai-je pu rester si longtemps à lui parler sans qu'elle m'entende ? Comment ai-je pu rester si longtemps sans la connaître ? Je donnerais vingt ans de ma vie pour n'avoir pas vécu cela. J'ai presque vingt ans. Je donnerais ma vie.

Elle est là, entre mes bras, lourde, abandonnée. Rien d'autre n'existe au monde. Qu'est-ce que j'éprouve ? Rien. Anesthésie des sens. Le chat vient se frotter contre ma jambe en ronronnant. Sale bête.

Elle restera une semaine à l'hôpital. Je n'aurai pas le droit d'aller la voir. C'est elle qui ne le souhaitait pas. Elle ne voulait pas supporter mon regard, ma pitié, ma douleur. Puis ils l'ont emmenée à Garches. Ce message, sur mon répondeur : « Tu verras, Minou, ils vont me refaire une santé explosive... »

Nous n'avons jamais reparlé de cette histoire. Je me demande encore — et je n'arrive pas à savoir : qui était-elle, cette femme, cette étrangère en elle ? Comment avais-je pu ne rien voir venir, ne rien sentir ? Aucun signe de ce désespoir ? Aucun indice ? Ces images d'elle où tout était dit, mais que je ne voulais pas voir...

Même aujourd'hui, je ne veux pas. Cette proximité avec le bord des choses. Cette peur qui m'étouffe. Il est rare que je consente à me souvenir de ce matin horrible. Il faut que je sois ici, à L'Ecritoire, désœuvrée, devant le «supplément cornichon» que vient de m'apporter le garçon, pour y repenser ainsi. Et je me sens misérable.

Aujourd'hui ? Oh, elle doit bien recommencer, de temps en temps, lorsque apparaissent les premières secousses de la mélancolie. Comment appellent-ils cela, déjà ? Ah oui, un petit «fix»... Alex m'a dit qu'elle se piquait dans les gencives, pour éviter les bleus... C'est monstrueux : mais je crois que cela m'est égal. Là ou ailleurs...

Au point où j'en suis, autant voir les choses

comme elles sont. Voilà deux heures que je suis là et que je pense à elle. Car à quoi penser d'autre, quand on n'a pas vu sa mère depuis des mois, qu'elle est en retard, qu'on l'attend et qu'on n'ose pas se demander : « Comment sera-t-elle quand elle entrera ? Que dira-t-elle ? Quels seront ses premiers mots ? »

Miracle de ce corps sur lequel ni le malheur, ni le temps, ni les piqûres dans les gencives ne semblent avoir de prise : je suis anxieuse, oui ; mais je sais qu'elle sera, comme toujours, insolente de beauté...

Donc, je pense à maman. Je laisse mes souvenirs affluer, m'investir. Et... comment dire ? pardonne-moi, maman, mais voilà : ce qui remonte, ce qui surnage n'est, le plus souvent, que douleur. N'avons-nous pas vécu, aussi, de vrais jolis moments de tendresse ? Si, bien sûr. Mais ma mémoire, tu vois, n'a pas bon goût. Et ces moments-là, je crois que je les ai oubliés.

De temps en temps, c'est vrai, une clarté. Elle est à côté de moi, dans le bus, elle me parle, elle rit, elle se moque du type, en face, tout racorni.

Elle fait de grands gestes, elle s'anime, me pose des questions, s'intéresse, me conseille, revient au type, rit encore, rit de tout, on est si contentes d'être là, si heureuses d'être ensemble. Et puis tout à coup, ce voile devant les yeux, cette fièvre dans le regard, le vent de folie qui vient : encore quelques secondes et ce sera fini; le moment de grâce se sera enfui; maman ne sera plus là; elle continuera de parler, les jambes croisées, à côté de moi, son tailleur de soie grise, son parfum de jasmin, mais ce ne sera plus elle, elle me regardera sans me voir...

Elle me frôle. Elle est déjà partie... Emmène-moi, maman, emmène-moi. Ainsi est maman. Elle ne m'emmène jamais, c'est trop loin, trop dangereux, elle sait bien qu'on n'en revient jamais intact. Cela dure cinq minutes, ou une heure. Pendant une heure elle est là, vivante, et puis elle s'évanouit.

Maman, comme une éclipse.

7

Un jour, il n'y a pas très longtemps, elle a décidé que je devais revenir vivre avec elle. C'était un début d'année, j'allais avoir seize ans. Cela faisait neuf ans, tout juste, que nous étions «séparées».

Elle est venue me chercher devant le lycée, tailleur absinthe, souliers plats, cheveux roulés en chignon : «Minou, il faut qu'on parle.» Et puis elle enchaîne, très vite, d'une traite, dans le désordre : «Tu es ma petite fille, mon enfant, les enfants doivent vivre avec leur mère, c'est comme ça, et c'est merveilleux.»

Je suis surprise, bien sûr. Ces mots qui se bousculent : «J'ai changé, tu sais, j'ai mûri. Je suis devenue responsable, je gagne de l'argent, tous les mois, beaucoup, nous le dépenserons. Viens. On va habiter un joli appartement que je loue, seule, rue du Bac. Il y a une chambre pour toi, avec une terrasse ensoleillée, on y fera pousser des fleurs, des légumes, ce que tu voudras. J'ai commencé à la décorer comme tu aimes. J'ai acheté des peluches, les mêmes que quand tu étais petite. Et une couette en plume d'oie. Et un grand bureau en bois... Je te cajolerai. Il y aura du bain moussant à la cerise et des fraises Tagadas...»

J'ai envie de rire : «Maman, je n'ai plus cinq ans!» Mais elle répète «viens, viens», comme un disque rayé. «Tu pourras recevoir tes amis, organiser des booms le week-end, je te prêterai mes chapeaux, tu auras le droit d'écraser mes rouges à lèvres sur les miroirs... Ce sera comme avant, en mieux. Viens.»

Mes deux amis, Delphine et Tatiana, passent sur le trottoir d'en face. Reconnaissent-elles maman? Elles n'ont jamais vu d'elle que des photos, sur la couverture de vieux magazines ou dans des livres. Mais, du coin de l'œil, je constate qu'elles sont sidérées par le spectacle.

Maman parle très bas, mais avec beaucoup d'animation. J'ai l'air contrit, prise en faute. « Louise se fait gronder, doivent-elles se dire... Elle a seize ans, et on la gronde comme une enfant... »

Signe discret de la main. Elles s'en vont. Maman continue : « Ma vie est stable, maintenant, je me lève le matin, je t'aiderai en latin et en anglais, ce sera gai. Viens. Viens. Le soir, en préparant le dîner, on chantera les chansons que tu aimais. Tu te souviens ? Cette chanson de Jeanne Moreau... »

Si je me souviens... Maman met toujours cinquante fois le même disque, jusqu'à ce qu'il rende l'âme, jusqu'à ce que je crie grâce. « J'aime ta saveur, ta douceur, Léon ; t'es pas beau, Léon, t'as les cheveux longs... » Toute la journée « Léon, Léon ». Dans son bain, « Léon, Léon ». A vélo, « Léon, Léon, Léon »...

« Viens, ma chérie, viens, on sera heureuses, tu verras, je serai ta maman, enfin, c'est ça, ma vie, mon but, m'occuper de toi, de ton bonheur, de tes devoirs... On aura du temps juste pour nous, on se mettra des crèmes au miel sur les cheveux et on regardera *Barry Lindon* sur le magnétoscope. Et *Midnight Express.* On ira faire de grandes balades à vélo dans Paris... Viens, mon petit amour, mon bébé, viens. Belle-Lurette doit te manquer, c'est pour toi que je l'ai achetée. J'ai fait des bêtises, mais je me suis calmée, j'ai fait le tour de la question, il faut que tu reviennes, tu es mon enfant, ma petite fille, je t'aime, viens, on fera des blagues téléphoniques, comme avant. Viens, ma chérie, ma toute petite, viens. Faisons un essai. Donne-moi une semaine, rien qu'une semaine. On va rattraper le temps perdu, toutes ces années de folie... Viens, viens.»

Voilà, c'est fini. Son visage est radieux. Elle me prend dans ses bras. Je suis plus grande qu'elle, aussi je me penche et me blottis contre elle. Elle me repousse un peu, écarte une mèche qui s'est égarée sur mes yeux, me regarde avec reconnaissance. Tout ce qu'elle n'a jamais pu me dire, ces mots réprimés, sa tendresse retenue... Je ne suis plus son petit chat, je suis son enfant. Son enfant de seize ans. Elle réalise aujourd'hui, devant le lycée, qu'elle est une maman et qu'elle a un enfant.

Je fonds en larmes. Elle croit que c'est de joie et me serre plus fort encore.

Elle pousse un long soupir, un interminable soupir de satisfaction, de libération. Et moi, je voudrais disparaître.

Je suis là, tout contre elle. Son souffle est redevenu régulier. Je ferme les yeux. Et c'est mon père que je vois : mon père à qui je dois tant, mon père qui m'a vue grandir, qui n'a jamais cessé de m'aimer, tous les jours, à tous les instants, et qu'elle me demande d'abandonner.

Fuir. Partir. Retrouver papa, ce bonheur qu'elle va briser. Il faudrait que je le lui dise. «Tu n'as pas le droit. Tu ne peux pas. Ce que tu me proposes est dément, et méchant, et insensé, tu le sais bien.» Mais sa joie me terrifie... Et aucun mot ne me vient...

Ma douleur et son bonheur se confondent. Elle saisit mon visage entre ses mains, nos larmes se mêlent, elle me regarde sans me voir, elle me regarde plus loin, je me dis : «Elle va comprendre, elle doit comprendre, ma vie est avec papa, dans le calme, la sécurité, Schubert, Barbara, Purcell, Botticelli, déjeuner à une heure, dîner à huit, leçons de piano, de danse, discussions littéraires, bonheur contagieux, ce sentiment diffus de félicité... Ne vois-tu pas que c'est fini ? que c'est trop tard ? que c'était avant que j'avais besoin de toi, de ta chaleur, de ta tendresse? ne sens-tu pas que ma place est avec lui, dans la clarté et la douceur? Tes copains délinquants, tes maîtresses de passage, les cendriers toujours pleins, le lit défait, cette marée confuse...»

Et je vais lui dire, encore : «Cela ne m'empêche pas de t'aimer, je suis fière de toi, j'ai besoin de toi, mais je briserais, en m'en allant, le cœur de papa et le mien.»

Pourtant je ne dis rien. Toute à sa béatitude, elle n'entendrait pas. Elle refuserait d'entendre. Et puis il y a, comment dire... cette drôle de petite crainte, ou cette lâcheté, oui, c'est ça, cette lâcheté venue du fond de l'enfance qui m'a toujours aidée à survivre et qui, là, me condamne.

Je n'ose pas la regarder; elle croit que c'est l'émotion.

J'esquisse un pauvre sourire; elle pense: «Un sourire de bonheur.»

Je ne peux rien lui dire; elle croit que c'est pour mieux l'écouter.

Elle reprend de plus belle, me parle de vacances à la mer, de shopping, des nouvelles amies que je me ferai, des courses automobiles où nous irons, on organisera des corridas, on montera à cheval dans la pampa, on retournera à Saint-Malo, à Mexico et à Java.

Je n'écoute plus. Je ne veux plus l'entendre. Je ferme à demi les yeux. Je voudrais être ailleurs. Ou une autre. Je voudrais avoir le courage d'affronter sa déception, sa tristesse, tout son petit rêve envolé. Je sais ce qu'il faudrait dire. Mais j'ai la gorge serrée. Et j'ai peur. Et puis je me sens si lasse. J'essaie de sourire, encore une fois. Et je pleure, et je pleure.

Elle me serre plus fort, glisse à mon oreille

les consolations les plus douces. Et je m'entends lui dire, d'une voix que je reconnais à peine : « Merveilleux ; c'est merveilleux, je suis si contente. »

Elle : « C'est vrai ? C'est donc bien vrai, tu vas venir ? »

Moi : « Oui, c'est bien vrai. »

Une dernière fois, secouant la tête comme un automate, j'essaie de faire signe que non. Mais elle croit que c'est oui. Peut-être, à force, est-ce vraiment oui. Deux jours plus tard, je suis rue du Bac.

8

Je me souviens de tout.

Jour après jour.

Presque heure par heure.

Quelle heure est-il, d'ailleurs ?

Deux heures et quart.

Elle exagère.

Je m'ennuie.

Si seulement j'avais un livre.

Je savais qu'elle serait en retard. Maman est forcément en retard et je n'ai pas pris de livre.

Donc, je me souviens de tout.

Ces images de nous, rue du Bac.

Je vais tout me rappeler.

Et, quand elle arrivera, lui raconter.

Je suis sûre, telle que je la connais, qu'elle

aussi se souvient, mais que sa version ne sera pas la même.

Quand j'étais petite, elle était capable de se fâcher quand je lui disais que Vercingétorix avait été vaincu par Jules César. Elle disait : «Non, Minou; je ne suis pas d'accord; pas César : Auguste, ou Caracalla, ou Flagada.» Je lui disais : «Mais maman, tu n'as pas à être d'accord, c'est comme ça, c'est dans le dictionnaire.» Elle s'obstinait : «Oui, mais je ne suis pas d'accord.»

Une saison chez Alice, donc.

Minutes de la saison.

D'accord ou pas d'accord, ce sera toujours mieux que de rester là, sans rien faire.

Un café? Non, pas de café. Je suis assez énervée comme cela. Un lait-fraise, plutôt, histoire de me mettre dans l'ambiance.

Lundi, donc, rue du Bac. Il y a du Banania dans la cuisine pour le petit déj et maman — ma maman furie, ma maman glamour — prépare un gratin d'aubergines pour le dîner.

Le tableau est surprenant mais plutôt convaincant.

Mardi. Même mise en scène. Mère parfaite. Elle est là quand je rentre de cours, elle recoud un bouton sur mon chemisier, le front plissé, toute à son ouvrage, tirant la langue comme une écolière appliquée. Elle me regarde à peine mais sourit aux anges, rayonnante, si fière, elle, l'ex-pin-up des magazines, l'extravagante, l'irrégulière. Bizarrement, j'en suis gênée. J'ai presque honte, tout à coup. Et quand elle me dit, d'un ton protecteur que je ne lui connaissais pas et qui ne lui va guère : «Bonjour, Louise, ma chérie! Tu as eu de bonnes notes? Beaucoup de devoirs? Je peux t'aider?», je ne peux m'empêcher d'éclater de rire. Ça y est, elle est vexée. Sa moue butée. Son visage fermé. Comme si j'avais brisé quelque chose. Elle me fait un peu de peine. Elle qui se donne tant de mal pour avoir l'air vraie...

Me rattraper, alors. L'embrasser sur le front. Jouer la comédie, moi aussi. C'est mon tour de la protéger. Je lance, à tout hasard : « J'ai besoin de toi, le prof de maths fait des histoires, il croit que j'ai triché à la dernière interro. J'aimerais que tu ailles le voir. » Rassurée, maman. Petit rire d'orgueil. Elle dit qu'elle va réfléchir. C'est ça, réfléchis, il va en faire une tête, M. Trochu, quand il te verra débarquer dans une robe gaufrée à larges rayures d'or, avec ton fume-cigarette en ivoire, à onze heures du matin...

Tout va bien. On est sauvées. Ce qui compte n'est pas que je sois heureuse avec elle, mais qu'elle le croie.

Mercredi. Miracle. Elle tient toujours son rôle. Elle commence même à m'impressionner. Aurait-elle vraiment changé ? Elle a préparé une grande omelette dans laquelle elle a mis des tas de choses compliquées, des champignons, de la tomate, du saumon... Je dis : « Oh là là, mais il y en a du monde, dans cette omelette ! » Un mois plus tôt, elle aurait ri. Là elle ne rit pas. Elle doit penser qu'une maman n'a pas le temps de rire. Dommage. Car moi j'en ai assez de lui donner la réplique. Alice commence à me manquer.

Jeudi. Je pars au lycée. Elle ne s'est pas réveillée. Je rentre déjeuner, elle est toujours au lit. Il y a du relâchement dans l'air. Je le lui fais remarquer. Je n'aurais pas dû. Elle fait la tête, maintenant. «J'ai le droit de souffler, quand même!» Mais oui! Comment lui dire? Je crois que je préfère cela.

Vendredi. Elle n'a pas dormi là. Tant mieux. La vie reprend. Le soir, une bande de paléo-soixante-huitards ahuris viennent squatter l'appartement. Cela commence à m'intéresser.

Samedi matin. Irrespirable. On sent le hasch jusque sur le palier. Je bute sur un énergumène endormi à l'entrée du salon, j'en réveille un autre qui ronfle dans la baignoire, je ne trouve plus ma brosse à dents, des petites cuillères noircies traînent dans la cuisine. La drogue a repris le pouvoir, et l'éloigne de moi. Fin de partie. N'était-ce pas prévu ainsi depuis le premier jour? Je rentre à la maison, retrouve papa, confiant, qui ne doutait pas une seconde que les choses se passeraient autrement. Pauvre maman. Les dés n'étaient-ils pas pipés? Les cartes jouées d'avance? Comme toujours, elle mise tout. Mais cela fait longtemps qu'elle a perdu l'habitude de gagner. Maman casse-cou, maman tête brûlée.

Nous avons tenu, cela dit, presque une semaine. Un exploit. En général, dès le deuxième jour, l'une de nous piquait une crise.

La plupart du temps, c'était moi. Sa mauvaise foi avait le don de m'exaspérer : le coup de Vercingétorix, mais aussi le sacre de Charlemagne, Napoléon n'est pas mort à Sainte-Hélène, Molière n'est pas Molière, il y a des lipides dans les oranges, le vin blanc soûle moins que le rouge... Et quand, petite, elle me prenait le week-end, nous étions toutes les deux, très vite, de fort mauvaise humeur. Mon exercice de sciences physiques était insoluble, maman n'avait plus de Benson blondes, elle avait reçu une facture inadmissible, les boulangeries étaient fermées le dimanche, la télé était nulle, il faisait trop froid, trop chaud, j'avais oublié mon imperméable chez papa. Bref, la vie était infernale. Elle s'enfermait dans la salle de bains. Je mettais Cat Stevens à fond. On finissait par se traiter de tous les noms et je quittais l'appartement en claquant la porte. Bien fait pour toi, méchante, je jure de ne plus jamais revenir.

En général, j'attendais cinq minutes — une éternité — en bas de l'escalier. Je pleurais un peu. Quand même, je suis si cruelle avec elle! Et lorsque j'estimais qu'elle avait assez souffert, je remontais de toute la vitesse de mes petites jambes. Juste à temps, croyais-je, pour qu'elle ne prévienne pas la police. «Au secours! Au secours! Ma fille, Louise, a fait une fugue!» Je la trouvais tranquillement dans sa chambre, essayant une perruque en aluminium ou se peignant les ongles avec beaucoup de concentration. «Ça y est, tu t'es calmée?» demandais-je, agressive... Ça la faisait rire et on se réconciliait en jouant au backgammon. Indulgente, je la laissais toujours gagner.

9

Cette femme, de dos, qui pourrait être Elle. Ah! non, je ne marche plus. On ne va pas me refaire le coup d'Amélie. La lumière est moins vive maintenant. Plus de contre-jour. Plus de malentendu possible. Mais les mêmes cheveux soyeux... Le même port de tête princier... Comme Elle, elle tient sa cigarette de la main gauche... Ses longs doigts, que je devine... C'est Elle, et ce n'est pas Elle. Elle voudrait être Elle, forcément : y a-t-il une femme, à Paris — plus encore, place de la Sorbonne — qui ne rêverait d'être Elle ? Mais celle-là est loin du compte, la pauvre, et je vais m'apercevoir, dans une seconde, qu'elle ne lui arrive pas à la cheville. Est-ce normal, à mon âge, de continuer de croire que sa mère est la plus belle femme du monde? Et est-ce normal d'être si régulièrement déçue?

Pendant longtemps, j'ai fait le même cauchemar, toutes les nuits. J'arrive au Vavin, le café où nous avons rendez-vous, le samedi midi, après l'école. Ô joie! Ô merveille! Maman est là, elle m'attend, en avance pour la première fois... Elle est assise, son manteau de renard gris, son petit poudrier doré, posé sur la table... Je cours vers elle, je bouscule les gens, pardon, pardon, excusez-moi, pardon, et puis, lentement, très lentement, il me semble que cela dure toute la nuit, elle se retourne. Son profil de statue... La veine qui bat contre la tempe... Et puis, tout à coup, je cligne les yeux : ce n'est plus maman, c'est une horrible femme, la belle-mère de Blanche-Neige, un long nez couvert de verrues, édentée, barbue, elle me dit «embrasse-moi, mon amour» avec un sourire hideux, je suis clouée au sol, je ne peux plus bouger, un sourire noir, ou plutôt un rictus, je me dis : «Non, Louise, tu dors voyons, ta mère est belle», je me gifle, je me pince, mais cette femme est tout près de moi, maintenant, elle sent le vin, elle ouvre grand ses yeux qui sont deux trous béants, et je me réveille, trempée de fièvre et de sueur...

Ce cauchemar m'a tenaillée pendant des mois. Je ne voulais plus dormir, je buvais des litres de Coca avant de me mettre au lit, le sommeil me terrassait dans la journée, j'avais de mauvaises notes, je pleurais tout le temps... Et brusquement, cela cessa.

C'est à peu près de cette époque que date ma première boulimie de lecture. J'avais neuf ans. Selon moi, il fallait avoir douze ans pour être une «grande», porter des jeans, prendre le bus, l'ascenseur, et aller en boum. Je rêvais aussi, allez savoir pourquoi, d'avoir un appareil dentaire. En attendant, j'avais des copines un peu nunuches qui lisaient *Podium* en cachette et que je méprisais : moi j'étais abonnée à *Astrapi*. Ce qui m'ennuyait, en revanche, c'est que je n'avais pas le droit de regarder la télévision alors que j'étais follement amoureuse d'Albator; je rêvais qu'un grand brun balafré m'emmenait sur la planète Véga. Il faut bien que jeunesse se passe. Et puis, je lisais tous les livres qui me tombaient sous la main. L'*Arrache-Cœur, Justine ou les malheurs de la vertu, Les Liaisons dangereuses*... Je ne comprenais pas tout, et même moins encore. Mais je prenais de l'avance. Et puis cela m'occupait.

La nuit, du haut de mes petits lits superposés, j'entretenais des rapports particuliers avec Dieu, que je tutoyais et appelais «Doudou». Je lui demandais de grands services: m'aider à avoir dix-huit en récitation ou convaincre Julien Balaski — onze ans, un regard gris-vert et de larges pantalons de zouave — de s'asseoir à côté de moi en cours de musique et de dessin. La plupart du temps, Dieu était clément et généreux. «Merci, Doudou; t'es cool comme Dieu.» En revanche, il n'a jamais accepté de me rebaptiser Caroline ni d'obliger papa à partir moins souvent en voyage. Je ne lui en veux pas. Dans l'ensemble, il a fait de son mieux, Dieu.

On ne peut pas dire que j'aie eu une enfance

malheureuse. Je vivais chez papa, dans un grand appartement qu'il avait fini par prendre à cause de moi en face du Luxembourg, avec des belles-mères intérimaires qui n'avaient ni le temps ni l'envie de s'attacher. D'ailleurs, cela me semblait aller de soi. Pourquoi diable m'auraient-elles aimée, moi, Louise, petite créature timide et maigrichonne? En fait, il s'agissait surtout de ne pas me faire remarquer. Papa était souvent à l'étranger. Chef d'orchestre assez connu et musicien, paraît-il, talentueux, il n'avait pas une seconde à lui mais s'occupait beaucoup — et bien — de moi, à distance. A l'école, la maîtresse m'avait demandé d'expliquer à la classe en quoi consistait le métier de mon papa. J'avais répondu, gravement, que c'était très difficile, qu'il s'agissait d'agiter beaucoup les bras et de mener le monde à la baguette. J'avais quatre ans. Je ne suis toujours pas convaincue, aujourd'hui, de l'absurdité de ma réponse.

Quoi qu'il en soit, quand papa n'était pas là, il convenait d'être le plus discrète possible. Ne surtout pas déranger. Glisser, chuchoter, être bien sage. Non non, je n'ai besoin de rien. Oui oui, tout va bien, je suis contente. Merci de me sourire, merci de me parler, pardon d'être enrhumée, pardon merci merci pardon merci pardon.

Mais quand il revenait, les valises chargées de cadeaux, c'était la fête. Il m'emmenait au Louvre, au cinéma, à ses répétitions. Je m'asseyais dans un coin, béate, je ne pensais à rien, j'étais bien. Une heure de bonheur sans mélange.

Pour mieux travailler, entre deux tournées, il s'était approprié la chambre de bonne, au sixième. Tous les jours, en sortant de l'école, à onze heures et demie, je montais l'embrasser, vite vite les six étages, mes joues enflammées, mon point de côté, il reconnaissait mes petits pas maladroits dans l'escalier et ouvrait toujours la porte au moment où j'allais sonner. Je restais là, sur le palier, l'index dressé, surprise que la porte se soit ouverte par enchantement. Cela nous faisait beaucoup rire. Il me prenait dans ses bras, me soulevait au-dessus de sa tête et tournait, tournait sur lui-même, je riais aux éclats, la vie était belle et c'était si bon d'avoir un papa à soi. Il me disait que j'étais jolie et que j'avais encore grandi pendant la nuit. Je me fâchais, je disais non, c'est toi qui es beau, et puis je ne suis pas grande, d'ailleurs je ne veux jamais être grande parce que cela me donnera le vertige.

Je lui demandais s'il avait bien travaillé, il me répondait toujours : « Eh bien, tu vas juger. » Il déchiffrait sa partition. Il avait du génie, mais il chantait si faux. Je gardais mon sérieux quelques minutes qui duraient des siècles, et un éclat de rire nous délivrait. Je le soupçonne d'avoir fait exprès de mal chanter pour m'entendre rire. Et puis on parlait, on parlait, j'ai eu dix sur dix en dictée, j'ai gagné deux billes à Aurélie, j'ai vu un nouveau jouet formidable dans le magasin en bas, je voudrais une autre corde à sauter, un cerf-volant, un ballon rouge... On se racontait mille choses, n'importe quoi, j'ai oublié, cela n'avait pas d'importance, nous étions seuls au monde et cela durerait jusqu'à toujours.

Mais hélas, il devait repartir. Pourquoi ? Il ne comprenait pas la question. Il m'expliquait : « Quand tu seras plus grande, je t'emmènerai avec moi, tu verras, mais là, ça t'embêterait, tous ces messieurs sérieux, personne de ton âge... Et puis je reviendrai vite. »

Ce n'était pas tout à fait vrai, mais je tâchais de m'en persuader; un papa dit toujours la vérité. Il me manquait.

Alors, la nuit, sans bruit, je me faufilais dans son bureau, j'étais protégée du monde entre les bras de son vieux fauteuil crème et je rêvassais doucement, toute à mon bonheur d'être là, clandestine, dans la pénombre... A peine une ligne de lumière sous l'épais rideau de velours sombre... J'étais bien, j'écoutais le silence. Il flottait une odeur de cannelle... Parfois, je m'enveloppais dans un de ses grands pull-overs noirs, et j'attendais que la nuit passe, jusqu'à ce ce que la fatigue me terrasse.

Une nuit, alors que papa était à New York depuis deux ou trois semaines, j'avais trouvé refuge dans son fameux fauteuil. Il me manquait comme jamais, et j'avais hâte qu'il revienne. J'étais donc là, dans son bureau, au milieu des livres et des partitions, plongée dans mes pensées d'enfant, laissant la torpeur m'envahir, quand brusquement le répondeur s'est emballé et s'est mis à faire un boucan du tonnerre de Dieu : marche arrière, marche avant, pause, lecture. J'ai compris que cette machine zélée qui clignotait et ronflait ne faisait qu'obéir aux instructions de papa, à des milliers de kilomètres de là. J'ai bondi sur la machine : allô, allô papa ? Papa, tu m'entends ? Papa ? Papa, c'est moi ! En vain. Papa ne m'entendait pas. Ce n'était pas si simple, il était là-bas, trop loin, en train d'écouter à distance des types arrogants, sûrs de leur pouvoir et de l'urgence de leurs messages, sûrs que papa allait les rappeler. Ils prenaient leur temps, racontaient leur vie...

« Allô, Aurélien, c'est Claude. Grand succès, l'autre soir. » Bib bip. « Allô, mon cher, qu'est-ce que c'est que cette histoire ? Tu as lu *Libé* ce matin ? » Bib bip bip. « Allô ? c'est le plombier... » Bip bip. « Allô, salut vieux, alors ! C'est Jacques !

Rappelle-moi chez Denise ! » Bip bip bip... « Allô bonsoir, c'est Eléonore. Nous étions assis l'un à côté de l'autre chez L. Je n'ai pas osé vous parler... » Bip.

Je gardai les yeux fixés sur la machine redevenue silencieuse. Mon cœur me faisait mal tant il cognait dans ma poitrine. J'étais là, à deux heures du matin, seule au monde, la gorge serrée, pleurant doucement dans le noir.

10

Un dernier souvenir avant que maman n'arrive. Celui-là, essentiel je crois. Quand j'étais petite, six ou sept ans...

«Elle veut prendre autre chose, la demoiselle?

— Pardon?

— Vous voulez un dessert?

— Non merci.

— Un café?

— Oui. Euh, non, un thé. Non, un chocolat. Ou si, un thé.

— Faudrait savoir!

— Alors un café, s'il vous plaît. Mais allongé.

— Vous pouvez le prendre assise, si vous voulez...

— ...

— C'était une blague. Café allongé.. Assise... Bon. Un café, un! Ça vous changera du lait fraise.»

Où en étais-je? Oui. Quand j'étais petite, donc, six ou sept ans, je l'avais remarqué : ce que maman adorait par-dessus tout c'était — malice? inconscience? défi? — voler des bêtises dans les magasins. Un pull en résille mauve, des éventails égyptiens, deux chaussures du pied gauche. Le minimum vital, en somme. Enfin, c'était son point de vue.

«Qui vole un œuf vole un bœuf», je connaissais l'adage. Mais j'étais tranquille. Il n'y avait pas beaucoup de bœufs dans les boutiques que maman fréquentait. Et puis, mis à part les chats, elle n'aimait guère les animaux. Je la laissais donc faire, avec un mélange d'éblouissement et d'effroi — comme sur les montagnes russes : terrifiée mais sûre, au fond de moi, que nous ne risquions rien.

Cela aurait pu durer longtemps. Mais un soir, en rentrant à la maison, rue Cassette, je l'ai trouvée devant l'immeuble, encadrée par deux gendarmes. Elle m'a juste dit, d'une voix bizarrement déformée :

« Ne t'inquiète pas, Minou, je t'ai laissé des instructions sur mon lit. »

Elle a répété « des instructions sur mon lit » en appuyant ses mots d'un faible sourire — le sourire d'une maman qui se voulait rassurante et même un peu autoritaire. Pauvre maman...

Autour de ses poignets, des bracelets de métal blanc, avec un cadenas. J'avais, donc, presque sept ans. Mais je n'avais jamais vu de bracelets comme ça, ni des gendarmes en train de pousser une maman dans une camionnette bleue.

Heureusement papa était là, qui s'est occupé de moi pendant l'absence de maman.

Il n'avait pas alors de domicile bien fixe. C'était avant l'époque des « belles-mères intérimaires » et ses maîtresses se succédaient avec une régularité de métronome. Nous déménagions plusieurs fois par mois, ou par semaine. Des dames jolies, parfois insignifiantes, m'arrangeaient une pièce de leur appartement. Quand elles m'embêtaient trop, ou qu'elles voulaient que je les appelle maman, ou que c'était trop loin du Luxembourg, ou pas assez près de l'école, papa se fâchait, il me prenait sous le bras avec ses partitions et ses blue-jeans, et hop, il changeait de femme.

Pendant un temps, il a essayé de me faire croire que les fameux gendarmes étaient venus la chercher pour l'emmener en vacances, ou travailler à Disneyworld, ou faire des photos dans un pays lointain. Je le soupçonne même aujourd'hui d'avoir intrigué — en vain — auprès du directeur de la Santé pour qu'elle puisse sortir, certains samedis, comme si elle rentrait de voyage et se précipitait pour me voir.

Hélas, maman disait toujours que papa était trop menteur et qu'elle n'aimait pas mentir. «Je ne suis pas d'accord, Aurélien. Non, non, je ne suis pas d'accord. Louise a le droit de savoir. Qu'est-ce que ce préjugé bourgeois? Depuis quand une mère n'a-t-elle pas le droit d'aller en prison si cela lui chante?»

Eh oui! Puissance de la mauvaise foi. Quand maman n'était «pas d'accord», c'est toujours elle qui avait gain de cause. Et c'est ainsi que je suis allée, pendant quatre mois, la voir chaque semaine en prison.

Les premières fois, c'était presque amusant. Je lui apportais du Yop à la fraise, un poème, un jeu d'échecs électronique. Mais elle n'avait besoin de rien : elle avait fait copine avec de drôles de bonnes femmes à la peau grenue, comme si elles avaient constamment la chair de poule, elle s'était mise à la peinture à l'huile et n'oubliait jamais ses séances d'abdominaux. Elle affectait de trouver la situation cocasse et plutôt enrichissante. «De toute façon, disait-elle, j'en avais marre de défiler et de faire des photos. Voilà au moins une vie nouvelle.»

Je m'étais habituée à lui parler dans des pièces aux murs gris sale, à la voir engoncée dans un vilain costume et des baskets, les cheveux sévèrement relevés, sans maquillage. Elle ne manquait pas d'allure.

Nous ne restions qu'une demi heure ensemble. C'est tellement peu, une demi heure, pour voir sa maman... C'est elle qui semblait pressée de partir. Je la regardais s'éloigner, la tête haute, altière, une reine, dans la lumière blême.

Petit à petit, elle a commencé a changer. C'était après le procès. Je n'ai jamais très bien su, mais il a dû y avoir un procès, et il a dû mal se passer. Je revois papa soucieux, éludant mes questions et celles, devant moi, de ses amis. Et je la revois, elle, dégrisée : une manière plus raide de se tenir, un sourire mécanique, un regard plus loin, déjà «après», un regard qui avait l'air de vous survoler...

L'habitude, aussi, de se plaindre. Gentiment d'abord, sans véhémence : «J'ai envie de voir le ciel.» Ou : «J'aimerais un grand bain moussant.» Ou encore : «J'ai oublié le goût du champagne.» Après quoi, elle ne disait plus rien et regardait dans le vague. Je faisais mon possible pour l'égayer. Enfin, l'égayer, c'est beaucoup dire. Car elle ne riait plus vraiment. Elle riait sans rire, comme si elle ne savait plus. J'ai compris, plus tard, qu'elle ne pouvait plus.

Une de ses dents s'était cassée. La nourriture? Un mauvais coup? Les effets différés de la drogue? Tout cela, conjugué?...

Rien ne pouvait plus m'atteindre. Mais elle voulait encore m'épargner.

Ses amis oubliaient de lui rendre visite, ou n'avaient plus le temps, ou n'osaient pas. C'était si étrange, après tout, de régresser de la couverture des journaux féminins à la page des faits divers. Alors ils ne savaient que dire, ni comment réagir. Et passés les premiers jours, une fois saluée l'originalité de la situation — «si, si, mon cher, Alice... la même Alice... une histoire idiote de cambriolage... un geste surréaliste élémentaire... l'histoire la plus dingue de la saison...» — ils préférèrent se tenir prudemment à l'écart. Seule une poignée de paparazzi désœuvrés continuaient de planquer, à l'occasion, dans le quartier. Qu'espéraient-ils? Comme moi, sans doute: la voir sortir...

Maman, pendant ce temps, faiblissait et commençait à prendre, je crois, la mesure de la catastrophe. Amaigrie, les yeux cernés, sa jolie peau toute fanée, elle restait droite, les paupières baissées, absorbée, quand je venais la voir, par l'examen de ses ongles ou de quelque fissure sur le parquet. Moi je m'agitais, je faisais des moulinets avec les bras en parlant, je lui adressais des sourires qui étaient supposés la rassurer. Mais ma voix semblait mettre du temps à lui parvenir. Elle répondait à côté, un peu décalée, engourdie sur sa chaise : « Oui, non. » Une poupée articulée : « Je-vais-bien-j'ai-soif-quel-joli-dessin. » Je cherchais mes phrases. Je lui parlais de mon amie Isabelle, ou de ma dernière note en français; j'inventais que papa m'avait offert un poney, ou qu'il avait encore changé de femme, elle était très gentille, ou très méchante, ou un jour gentille un jour méchante quand je ne savais plus quoi raconter. La demi-heure durait des années. Je me doutais bien qu'elle n'était plus vraiment là, mais je restais calme, digne, je battais des cils, j'essayais de rire, j'imaginais qu'on était dans un salon de thé.

Parfois, une phrase, un mot arrivaient jusqu'à elle. Elle les attrapait au vol. Et un pâle sourire éclairait son visage. Pour un instant, elle était là, elle m'écoutait. Mais cela ne durait pas. Alors je me composais une figure sereine, une figure de grande personne, comme j'avais vu dans les films, quand l'actrice va visiter le condamné à mort dans sa cellule. De retour dans la rue, je me laissais aller à pleurer, et je promenais ma tristesse toute la journée, du cinéma au parc à jeux, du goûter-copines au cours de danse. A mes amis, je ne disais rien. Cette honte d'avoir tout compris, et cette honte d'avoir honte...

Une fois, je me souviens, je la regardais du coin de l'œil. Exceptionnellement, elle avait eu la permission de se maquiller. Mais son visage avait l'air encore plus ravagé. Je m'étais même dit, en arrivant : «Son visage de petite vieille.» Je la regardais, dans la salle mal éclairée, son nez coulait, des larmes roulaient sur ses joues, un peu de poudre maladroitement posée faisait des paquets sur ses pommettes hautes, et j'ai pensé : « Elle n'a plus rien de maman. » Cette femme-là, je ne l'avais jamais vue.

Une autre fois, elle a eu un élan. Elle s'est tournée vers moi et a voulu soudain m'embrasser. J'ai eu un mouvement de recul. Nous aurions dû essayer de rire, trouver cela comique. Aucune de nous deux n'y a songé. Elle a eu l'air égaré, comme quelqu'un qui vient de se réveiller.

Une autre fois encore, je me suis énervée : « Mais tu n'es plus comme avant ! Pourquoi ? Fais quelque chose ! Lis ! Travaille ! Dessine ! » J'ai réfléchi, repris mon souffle et, comme quand j'étais toute petite et que je répondais, du haut de mes soixante-quinze centimètres : « Oui ze ose » à un ami de papa qui s'amusait à me mettre au défi d'« oser » le regarder « droit dans les yeux », j'ai ajouté, bienveillante : « Sois courageuse. »

Elle a souri. Dans son sourire, il n'y avait rien. Sauf, peut-être, une légère pitié.

Je me disais que j'aurais dû l'aider, faire davantage. Mais comment ? Je ne voyais pas. Alors, je prenais un petit ton léger, j'imaginais, un ton de dame — et je lui lançais : «Bon, tchao, à la semaine prochaine.» Juste pour dire quelque chose. Et pour, ensuite, pleurer en paix.

Un jour, elle est rentrée à la maison, chez nous, rue Cassette, où papa m'a ramenée.

Je n'ai jamais su au juste ce qui s'était passé, ni de quoi elle était coupable. Elle me le dira peut-être un jour. Ou tout à l'heure. Voilà, oui, un bon sujet de conversation pour tout à l'heure, quand elle sera là : «Dis-moi, maman, les deux gendarmes, tu te rappelles ? Et la prison, c'était très grave ?»

D'ailleurs, non. Elle ne me répondra pas. Elle aura son air offensé. Et elle me dira : «De quoi parles-tu, Minou ? Les gendarmes ? Je ne suis pas d'accord...»

Car elle n'est pas guérie, hélas. Elle n'est toujours pas d'accord, et vole encore, quoique avec méfiance, et calcul. Ce qui n'était qu'un jeu est devenu une revanche.

11

C'est à cette époque que papa a commencé à sérieusement s'inquiéter et à vouloir que je vienne vivre avec lui, rue Guynemer. C'est, aussi, le moment où j'ai remarqué toutes les pilules dont maman se régalait.

Elle en avait toujours sur elle, dans son sac, en vrac, qu'elle avalait sans les voir, comme des smarties. On pouvait lui demander à quoi elles servaient, ses réponses étaient édifiantes : c'était pour dormir, pour se réveiller, pour maigrir, pour bronzer, contre le trac, l'hypertension, la spasmophilie, le vertige. Ou encore contre les paresthésies, l'aplasie médullaire, la maladie de Waldenström.

En résumé : mêle-toi de ce qui te regarde.

Les amants, les amantes, la pharmacie, la petite délinquance, c'était sa part d'ombre, sa part cachée. Pas le droit de voir, pas le droit de savoir. Quand mes questions se faisaient plus insistantes, elle m'offrait son sourire des magazines. Et elle disait, très vite : «Ne t'inquiète pas, mon chat.» Bon, bon, je ne m'inquiétais pas. Après tout...

Pourtant, je sentais bien que si je voulais comprendre, si la lumière devait se faire, si je pouvais l'aider, la sauver peut-être, c'était là, dans ces médicaments, que je devais chercher.

Alors un jour, une brusque inspiration. Je prends tous les cachets, hop, dans ma poche. Ils vont voir ce qu'ils vont voir. Ils finiront par me livrer leur secret.

Je m'enferme dans ma chambre avec mon butin. Il faut faire vite, ne pas trop réfléchir. Les pilules dansent dans ma poche, je les caresse, je les soupèse, je les fais glisser entre mes doigts.

Je les pose sur la table. Je dessine un cœur

avec. J'attends quoi? Qu'elles me parlent? Qu'elles me bondissent au visage, comme des pois sauteurs? Elles ont l'air bien inoffensives, ces petites pastilles qui font tant de mal à maman. C'était donc cela, l'abîme entre nous? Je plisse les yeux. J'imagine que ce sont des cachous, des Tic-Tac, des bonbons Haribo. Je prends mon souffle, mon élan, et je les avale d'un coup. Je reste bien immobile. J'attends. Et, stupeur, rien ne se passe.

Déçue, ou peut-être soulagée — et si ce n'était que des vitamines? —, je vais rôder dans l'appartement, me faire une tartine de Nutella, poser un disque sur le vieux pick-up, farfouiller dans le tiroir aux bijoux. J'essaye un rouge à lèvres, une poudre scintillante, je me mets un faux cil, un seul, car je trouve que c'est plus chic. Et puis, sentant une drôle de fatigue m'engourdir le bout des doigts, puis les jambes, je finis par m'étendre sur le lit de maman. Le disque tourne: «Les portes du péniiitentier bientôôôôt vont se refermer...»

Je regarde autour de moi. La paroi, en face, percée d'une drôle de fenêtre ronde, comme un hublot. A droite, un mur tapissé d'affiches où se mêlent le visage d'un certain Pierrot le Fou, d'un beau barbu à béret que maman appelle le «Tché», une image chinoise, une publicité pour les bas Dim, des couvertures de livres et un dessin de moi. De l'autre côté, en guise de miroir, une plaque de papier alu qui gondole. La moquette? Verte. Vert laitue, ou vert billard. Je déteste cette couleur, maman aussi, mais c'est Sophia, l'ex de maman, qui l'a choisie, et elles se sont beaucoup disputées. Au-dessus du lit, des photos noir et blanc, des tas de photos d'elle avant, outrageusement belle, des photos de papa, d'Alex, de moi, serrées les unes contre les autres, se chevauchant, une armée de photos qui me regardent et n'ont pas l'air du tout, du tout contentes. Par terre, la corbeille du chat déborde de contraventions impayées. Il y a des disques, en pile, et des livres, posés au petit bonheur, en attente d'une improbable étagère. Plus loin, des guirlandes de bracelets, des boas en plumes d'autruche, un masque de carnaval, des coussins, de la poussière, son «foutoir». A côté de moi, près du lit, un mannequin de tissu, habillé d'une veste mexicaine à franges. Epouvantable, cette veste. Je lui en dis trois mots : « Dis donc, gigasse, elle est moche ta veste... » Pas bavard, l'épouvantail aztèque. Sous la table de nuit, un paquet de chips Flodor sur lequel est dessinée une jeune femme blonde qui tient dans ses mains un paquet de chips Flodor sur lequel est dessinée une jeune femme blonde qui tient... Ma première mise en abyme.

J'ai mal au cœur, tout à coup. Et froid. Je m'enveloppe dans la couverture. « Comme un suaire », me dit-je gravement. J'ai appris le mot le matin même, à l'école...

Et si j'avais fait une bêtise ? Les murs, autour de moi, commencent à se resserrer, le mannequin se rapproche. D'une drôle de voix, enfantine, et qui ressemble à la mienne, il m'informe que maman va bientôt rentrer et que je vais me faire gronder.

De quoi se mêle-t-il, celui-là ? Je voudrais bien lui répondre, histoire de le remettre à sa place. Mais je m'aperçois que je ne peux plus articuler. Des rais de soleil dansent sur le tapis.

J'ai du mal à respirer. L'air, dans la pièce, est devenu épais, moite. Je n'ai pas peur. Car je sais que je bascule, mais que c'est vers maman que je tombe, là où je n'ai jamais pu la suivre, et que bientôt je serai près d'elle, c'est l'affaire d'une minute, d'une seconde peut-être, je vais enfin comprendre, la retrouver et comprendre. J'ai une telle envie de savoir!

La chambre est pleine de buée, maintenant. Il fait chaud. Il faisait froid, et tout à coup c'est le contraire, il fait très chaud. Ma tête se met à tourner: marrant. Les meubles tournent aussi, mais dans l'autre sens: moins marrant. Papa, sur une des photos, crie quelque chose que je ne comprends pas, il me fait non, non avec la tête, il ouvre de grands yeux, il a l'air égaré, je tends les bras vers lui, mais quelque chose me happe, un bourdonnement affreux couvre le son de sa voix, je me débats, je veux revenir, je veux revenir, je suis tirée vers le bas, vers la boue, je ne sais pas nager, je vais me noyer, ne me laisse pas, au secours, je m'agrippe aux barreaux du lit, mes talons battent furieusement, je tourne la tête à droite, à gauche, rien à faire, je tombe toujours plus bas, dans une nuit visqueuse, dans cette nuit où, je le sais à présent, maman tombe chaque nuit, maman, attends-moi, j'arrive, je te rejoins, nous serons ensemble pour toujours... Je me laisse sombrer, impuissante, déjà vaincue. J'aperçois maman, tout en bas, elle est grise, elle est laide, le teint cuit, la figure à l'envers — son visage de plâtre, le visage du malheur — comme dans mon cauchemar sur la belle-mère de Blanche-Neige.

Le disque continue à tourner : « Les portes du péniiitencier bientôôôt vont se refermer, et c'est là que je finirai ma vie, comme d'autres gaaars l'ont finie... »

Maman me retrouvera quelques heures plus tard, inanimée sur son lit. Hôpital Cochin, lavage d'estomac, pleurs, peur, dégoût, médicaments enfermés dans un tiroir à secrets. Je passe sur les détails. Papa n'a jamais su. Je dois dire que je ne me suis pas vantée de cette aventure ; ni, moins encore, maman.

12

« Votre café, mademoiselle.
— Merci. Vous avez du sucre ?
— Oui.
— Je peux en avoir ?
— Oui.
— Pourquoi me regardez-vous comme ça ?
— C'est que j'ai quelque chose pour vous.
— Pour moi ?
— Oui, un message.
— Comment cela ? Ma mère a appelé ? »

Le garçon me tend un bout de nappe en papier, tout froissé.

« Non, c'est là-bas, près du bar, l'écharpe rouge, avec des lunettes rondes. »

La barbe ! C'est Dujardin. Mon examinateur

de latin, à l'oral du bac. Est-ce qu'il va me coller longtemps, celui-là? Voyons voir... Ah mais! Tous les culots! Non seulement il m'envoie un billet doux, mais, en plus, il l'écrit en latin. S'il croit que je n'ai que cela à faire de déchiffrer ses cochoncetés...

«Le type veut une réponse.»

Je lui rends le papyrus.

«Dites à ce monsieur que pour l'oral de rattrapage c'est trop tard et que, de toute façon, je ne me promène pas avec mon Gaffiot.»

Exit Dujardin.

Mais, en attendant, fausse alerte: maman décidément, fait fort...

Je me souviens de la nuit où j'ai bien cru que j'allais me fâcher pour toujours. Et la gifler.

J'ai treize ans. Elle s'est lassée des femmes. A moins qu'elle se soit rendu compte qu'elle ne les avait, en fait, jamais aimées. Séduite par Sophia, d'accord. Ou par l'idéologie féministe. Ou encore simple provocation. Mais en faire un système, voilà qui n'était pas pour elle.

Toujours est-il qu'à cette époque, elle vit, rue Monge, avec un drôle de type — trapu, profil bourbonien, un cheveu sur la langue — qui travaille dans une entreprise d'import-export; passionnant. Le type a une fille de mon âge, Laetitia. Et les ennuis commencent.

Aussi blonde que je suis brune, aussi piquante que je suis timide, elle a, de surcroît, volé à maman ses gestes, ses mimiques et ses intonations au point que c'est elle, souvent, que l'on prend pour sa fille.

D'ailleurs, elle ne manque pas une occasion de me le signifier. La même manière de froncer le nez, une voix fraîche, un rire perlé... et un caractère de cochon.

Maman tente de me persuader que cette Laetitia ne compte pas, qu'elle est fade, inintéressante. Il n'empêche : je sens bien qu'il y a quelque chose entre elles : une sorte de complicité secrète, dont je suis exclue.

Voici l'histoire. Nous regardons la télévision toutes trois, dans le salon. Laetitia et moi assises par terre, Laetitia en position de yoga

— quelle frimeuse! Maman fume, un peu à l'écart. De temps en temps, elles se racontent des bribes d'histoires dont je ne saisis pas le sens : *private joke,* me lance Laetitia.

Je la foudroie du regard, elle n'en prend pas ombrage et continue, sûre d'elle : « Alice, tu te souviens de la tête de Charles? » Nouveaux rires. Je suis humiliée. Je tente de les faire taire : « Silence, on ne peut plus écouter le film! » Laetitia me glisse d'une voix sucrée que, si je ne suis pas contente, il y a une télévision au café du coin. Maman, sentant que l'atmosphère tourne à l'aigre, ne trouve rien de mieux que de m'envoyer chercher des fruits pour tout le monde à la cuisine. J'obéis, impuissante et furieuse.

De la cuisine me parvient l'écho de leurs plaisanteries qui continuent. Je reviens, sur la pointe des pieds, comme pour les pincer en flagrant délit. Arrêt sur le seuil de la pièce : leurs ombres dansent sur le plancher. J'entends maman chuchoter : « Oui, tu chantes plus juste que Louise. » Choc. Stupeur. Je me dis que j'ai mal entendu, que c'est une erreur acoustique. Maman est incapable d'une telle trahison. C'est moi, sa petite fille. C'est moi qu'elle aime.

Mais, de nouveau, leurs éclats de rire, leurs murmures, leur insupportable connivence. Je surgis alors, le poing sur la hanche, l'assiette de fruits dans l'autre main, bien décidée à les sommer de me présenter leurs excuses. Mais le spectacle, vu de près, dépasse tout ce que j'aurais pu imaginer : Laetitia a posé sa tête sur les genoux de maman, qui lui caresse les cheveux.

Les fruits me tombent des mains. Elles se tournent en même temps vers moi. Et comme je dois avoir l'air absolument idiot, elles éclatent de rire. Je lance : « Contente de contribuer à votre gaieté... » Je ne suis même pas sûre qu'elles m'entendent. Je n'existe plus. Laetitia renverse la tête en arrière et se pend au cou de maman. Son rire, à nouveau. Son rire de gorge, odieux, et dans lequel, cette fois, entre du triomphe.

Je suis toujours sur le seuil de la pièce, je me sens piteuse, empêtrée de moi-même. Mais je ne désarme pas. Une dernière fois, je pose les yeux vers elles. Une dernière fois, j'y mets tout mon petit mépris, toute ma pauvre colère. En pure perte! Laetitia supporte fort bien mon regard. Maman va-t-elle l'écarter, dire quelque chose, me prendre dans ses bras? Rien ne vient. Silence vertigineux. Elle porte, je m'en souviens, d'énormes lunettes pop aux verres orange, incrustées de myosotis. Une abomination, ces lunettes. Mais Laetitia a l'ultime audace de les enlever, de les essayer et de minauder qu'elle les garderait bien sur le nez. C'en est trop. Maman elle-même semble décontenancée. Elle dit : «Mon chat, mon petit chat...» et fixe sur moi son regard clair. Elle espère m'apaiser. Elle ne m'apaise pas du tout. Il y a dix-huit longitudes entre nous à présent.

La détresse l'emporte. Je sens que je vais pleurer. Et, de honte, je m'enfuis. Sortir. Courir. Je ne sais pas où je vais. Je traverse hors des clous, exprès. S'il m'arrive quelque chose, ce sera votre faute, à toutes les deux, méchantes! Une voiture freine juste devant moi. Le chauffeur, l'index vissé sur la tempe : «Ça va pas la tête?» Non, ça ne va pas. Je me sens seule au monde, trahie, inexistante. Je déteste cette fille. Je veux qu'elle s'en aille. Je préférais encore quand maman était avec Sophia.

Rue du Cardinal-Lemoine, Panthéon, Saint-Michel, rue des Ecoles : ma tristesse, heureusement, s'use sur le chemin du retour et, quand je reviens rue Monge, il n'en reste presque plus rien. Ma première fugue aura duré une heure. Maman m'attend devant l'immeuble. Inquiète? Oui, sûrement inquiète. Elle dit : «Pardonne-moi.» Bien sûr, je lui pardonne. D'ailleurs, bonheur inespéré, toute la soirée, elle me traite comme une convalescente. Des baisers, des câlins, des promesses. Et puis l'horrible Laetitia consignée dans sa chambre jusqu'au lendemain matin. Cela a du bon, finalement, ces mésaventures.

Cette autre scène, un jour, bien avant le monsieur de l'import-export et père de l'Horrible. Très gênante, cette histoire. J'hésite toujours à m'en souvenir. Mais bon. Aujourd'hui...

Tant pis pour elle. Elle n'a qu'à arriver, après tout, Alice.

Nous habitons encore rue Cassette, dans ce petit appartement de bric et de broc qu'elle partage avec Sophia. Je n'ai guère plus de cinq ans. J'ai quelque chose d'urgent à demander à maman. (Où est ma poupée ?) J'entends des clapotis du côté de la salle de bains. Je passe la tête dans l'entrebâillement et reste décontenancée : elles sont, toutes les deux, dans la baignoire. Elles ont l'air de dormir.

D'habitude, maman est très active dans son bain. Elle téléphone, boit du thé, chante un vieil air polonais ou un tube des Stones. Là, elle est allongée entre les jambes de Sophia. Sa tête repose sur le bord de la baignoire. Sa respiration est scandée de longs soupirs. Bizarre : elles ont allumé des bougies qu'elles ont posées sur le bord du lavabo, en sorte que son visage baigne dans la pénombre.

Elles ne m'ont pas vue. J'ai l'habitude. Alors, j'attends. Je ne sais pas quoi, mais j'attends. Et voici que, au bout d'une minute ou deux, Sophia, les yeux toujours fermés mais se redressant, se met à caresser l'épaule de maman avec ses mains d'étrangleur. Elle lui embrasse la bouche, le cou, s'attarde à la saignée du bras, l'embrasse encore : elles n'ont plus du tout, mais alors plus du tout l'air de dormir. Sophia sent ma présence, se tourne vers moi. Pas le moins du monde étonnée, non. Ni gênée. Elle me regarde avec... gourmandise et dit, la bouche en fleur : « Louise, viens, viens dans le bain avec nous, ma chérie. » Ses prunelles brillent comme des rondelles de mica : je ne suis pas ta chérie. Elle se veut câline : je la trouve dégoûtante. Ce teint bistre, ces traits épais, son air roublard... Et ce sourire vicieux... Je ne sais pas, alors, pourquoi, mais je pars en pleurant.

Sophia, donc. C'est drôle, mais je crois n'avoir jamais repensé à Sophia avec autant d'intensité, de précision, qu'ici, à L'Ecritoire, en ce lieu où mon père et ma mère, voici vingt ans, se sont rencontrés. Si je lui en veux ? Finalement non. Papa était parti. Il fallait bien que maman se console. Et puis on se fait à tout.

C'est fou comme une petite fille finit par trouver normales les situations les plus scabreuses. Et puis cela aurait pu être pire. Et si maman s'était entichée d'un serial killer? Ou d'un faux Important comme ce type, là, qui me reluque à la table à côté? Ou d'un chirurgien esthétique? Ou d'un gynécologue? Sophia, après tout, avec sa démarche de cow-boy, ses épaules de nageuse tchécoslovaque, sa lippe dure et son ombre de moustache était presque un homme. L'air canaille, soit. Mais elle rendait l'atmosphère assez gaie. Quand elle était là, c'était comme si un cyclone traversait l'appartement.

De temps en temps, en rentrant de l'école, je les trouvais en ébullition dans le salon. Elles s'étaient mis en tête de déchiffrer leur avenir dans les entrailles d'un poulet. Je suivais l'opération de près, avec un sourire, paraît-il, extasié. Elles m'envoyaient promener: «On n'est pas là pour se marrer.»

Ou bien, un autre jour, elles décidaient d'organiser une manifestation contre Michel

Sardou, ou pour la défense des porteurs de pantalons en cuir.

Ou bien encore elles participaient à des jeux télévisés idiots, affublées de perruques et de moustaches pour qu'on ne les reconnaisse pas ; des plans sur la comète pour gruger l'ex-mari de Sophia, ou le père de maman, ou l'épicier du coin ; elles s'échangaient leurs chéquiers, appelaient leurs banques respectives : « Au secours ! Au voleur ! Mettez tout de suite opposition ! » et faisaient, en attendant, des orgies d'achats et des caviar-parties.

Sans être l'image exacte du bonheur, la situation était amusante. Et j'avais fini par l'adopter, cette grande femme revêche qui distrayait maman.

Revêche ou pas, elle déployait, du reste, de vrais efforts pour m'amadouer. Elle me donnait en douce des roudoudous et des malabars à la menthe, m'offrait des disques d'Anne Sylvestre ou des albums à autocollants Special Candy. Le bonheur, quoi. Aux beaux jours, elle me prenait sur ses épaules et on partait galoper dans les rues de Paris. Tacatac, tacatac, tacatac... Je l'entends encore.

Parfois, elle me demandait de lui rendre de menus services, comme aller lui acheter des médicaments mystérieux que le pharmacien ne me donnait qu'après avoir tourné l'ordonnance dans tous les sens, disparu dans l'arrière-boutique, téléphoné au docteur d'un air plein de soupçons — pas de chance! Le docteur, c'était le frère de Sophia et je sentais bien, au ton navré de ce méchant quand il raccrochait, qu'il s'était fait enguirlander.

C'est vrai qu'elle avait l'air malade, Sophia. Maigre, toute en genoux, le teint vert... Enfin : vert le matin et jaune le soir. Ou plutôt vert olive sous les yeux et près des tempes, et jaune Amora sur les joues. Alors je courais acheter de quoi la guérir, très fière qu'elle s'en remette à moi.

Une autre fois, elle m'a dit, solennelle : « J'aimerais faire un cadeau à Alice, il faut que tu m'aides. » Je ne demandais pas mieux. Aussi m'a-t-elle envoyée chercher, au café du coin, un paquet bien ficelé que je devais apporter au métro Gaîté à un bonhomme qui m'attendrait sur le quai. Tout cela, évidemment, dans le plus grand secret, si je voulais que maman ne se doute de rien. Je m'acquittai de ma tâche avec zèle et bonheur, trop heureuse de pouvoir rendre service à Sophia et rendre maman contente.

Sophia, satisfaite de moi, recommença la semaine suivante. Et la semaine d'après. Et celle, encore, d'après. Et ainsi de suite pendant des mois. Il y avait beaucoup, beaucoup de cadeaux. Il y en avait de plus en plus, parfois plusieurs fois par jour, que Sophia faisait fabriquer par des artisans professionnels. Pourquoi fallait-il toujours les porter à un autre monsieur qui attendait sur un quai de métro, ou au square de la rue des Ecoles, ou à côté d'une poubelle — et qui ne disait jamais merci ? Je pensais : normal, ce sont de très beaux cadeaux, peut-être des bijoux, ou des boîtes incrustées, ou des poupées avec plein d'habits différents, et il faut, forcément, des tas de gens pour les fabriquer et les livrer à maman.

Ces cadeaux, je ne les voyais jamais. Je ne connaissais que les paquets et les spécialistes qui me les donnaient. Ils habitaient des appartements enfumés, n'avaient jamais un mot gentil et dégageaient une odeur rance, la même que je retrouvais, certains matins, quand, avant de partir à l'école, j'allais embrasser Sophia et maman dans leur chambre.

Mais je ne pensais qu'à la joie de maman. Et je me taisais, donc, pour ne pas éveiller les soupçons.

Un jour, pourtant, une de ces courses me retint plus longtemps que prévu, et maman, qui m'attendait pour m'emmener chez son acupuncteur, finit par s'inquiéter. En sorte que, quand je suis arrivée, en retard, les joues roses d'avoir couru, elle m'a grondée comme elle ne l'avait jamais fait. C'était trop injuste! C'est pour elle que j'étais en retard! Pour lui apporter un joli cadeau! Alors, toute triste, puis sanglotant, j'ai jeté par terre le petit sac : «Tiens, méchante, le voilà ton sale cadeau!»

Dans le sac, il y avait une drôle de farine

beige. Maman est restée un moment interdite. Il n'a pas dû tellement lui plaire, le cadeau, car elle fut contrariée plusieurs jours. En plus, elles se sont entre-tuées une bonne partie de la nuit, à en juger par l'état de l'appartement le lendemain matin.

Maman n'aime pas qu'on se moque d'elle. Décidant que j'avais besoin de vacances, elle loua une caravane et nous sommes parties au bord de la mer, en Bretagne. Elle est ainsi, maman.

Sophia ? Elle ne nous a pas accompagnées, pour une fois. Et d'ailleurs, à partir du moment où papa m'aura reprise, quelque temps plus tard, je ne la reverrai plus du tout. Elle ne m'a pas manqué. Les enfants sont d'une ingratitude...

Je sais seulement qu'elle a eu une fille et qu'elle l'a appelée Louise. Elle dit, paraît-il, « la petite Louise » et « la grande Louise ».

Je sais aussi qu'elle a moins vu maman, puis plus du tout, et qu'elle est partie vivre en Australie, puis à Bangkok, puis à Kuala Lumpur.

Elle a eu un accident de moto. Elle s'est fait amputer d'une jambe. Elle a essayé d'ouvrir une librairie française à Bali avec mélange de BD porno et de grande littérature. Aux dernières nouvelles, elle purgerait une peine de prison, là-bas, au bout du monde, pour abus de farine beige et de petits cadeaux.

13

«Alors, il vous a oublié, votre chéri?

— Pardon?

— Moi, vous savez, ce que j'en dis... Mais il faudrait me régler. J'ai terminé mon service.

— Combien vous dois-je?

— Nous avons donc... Un lait fraise; un café serré; un café allongé; un déca; une tarte aux légumes. J'oubliais le supplément cornichons... Je ne vous le compte pas, vous êtes mignonne avec votre petite figure toute chiffonnée...

— ...

— Je serais à votre place, je le laisserais en plan, l'asticot! Ça ne se fait pas de poser un lapin à une si gentille petite!»

Figure toute chiffonnée, figure toute chiffonnée... Tu ne t'es pas regardé, toi, avec ton visage cabossé et ton nez en chou-fleur...

Cela dit, il a raison : il y a trop longtemps que je suis enfermée dans ce café. Quelle heure est-il ? Quatre heures et demie ! Je devrais aller prendre l'air... Je n'en peux plus de ruminer ces souvenirs. Ils m'encombrent, ils m'oppressent, on n'en a jamais fini, ils ne vous laissent jamais tranquille.

Oui, mais si elle vient pendant ce temps ? Non, impossible. D'ailleurs, je ne vais pas trop m'éloigner. Comme cela, je la verrai arriver. Et puis, je la connais : elle va forcément s'asseoir, commander sa bière qu'elle ne boira pas et rencontrer un vieux copain d'enfance. C'est ainsi, avec maman : quand elle rencontre quelqu'un, c'est toujours un copain d'enfance, et elle en a pour des heures à le retrouver. Donc, pas d'affolement. Droit d'aller faire un tour et me dégourdir un peu.

Autre solution : appeler une copine. Clotilde, Nathalie, Pauline ? « Allô, une heure à tuer, déprimée, si tu venais t'ennuyer avec moi ? » Ça me permettrait, sans bouger, de me changer les idées. Oh! et puis non! Marre d'être clouée là. Cela fait six heures — six heures! — que je suis, comme une gourde, à l'attendre. Ça devient dingue. Et ce serait un comble qu'elle choisisse juste ce moment pour arriver. Donc je vais me promener. Tralala.

Direction les PUF. On est étudiante ou on ne l'est pas. Moi, pour le moment, je ne suis rien. J'étais censée préparer Sciences Po. Mais l'examen tombait juste le jour de mon anniversaire. Il y a de ces coïncidences...

Avant cela, j'étais partie pour faire carrière dans la musique, comme papa. Mais (j'ai remarqué : il y a toujours un « mais » pour venir contrarier les destins) le hasard a voulu que je déniche, un jour, dans la bibliothèque du salon, un ouvrage de psychanalyse simplifiée et que je tombe pile sur le thème du complexe d'Œdipe... « Tuer le père. » Alors comme ça, l'enfant doit « tuer » son père? Hors de question. Aussi ai-je décidé, du jour au lendemain, d'arrêter mes leçons de piano, de chant, de danse, pour me consacrer à la physique-chimie.

J'avais douze ans. Mon professeur de musique, un vieil homosexuel exalté, cria au sacrilège. Papa non plus ne comprit pas très bien. «Quelle idée, ma chérie, tu es si douée...» Quant à maman, elle ne vit pas passer le coup et s'en fichait, du reste, éperdument. Résultat : je n'allais plus toucher un piano de ma vie. Ah, il fallait être la «meurtrière» de son père ? Eh bien, ils allaient voir ! Je passerais mes journées à résoudre des équations du troisième degré.

Six ans après, voilà le résultat : bac scientifique ; acte manqué le jour de l'examen d'entrée à Sciences-Po; papa qui veut m'envoyer à Assas, tu parles d'un cadeau ! Droit pénal, droit constit, droit international, ambiance saine, cheveux ras, battes de base-ball et petits fachos décontractés. Et puis, et puis, ce doute affreux : si je m'étais trompée ? Si c'est en le décevant que je l'avais tué ? Il a tant espéré de moi...

Dès ma naissance, il m'a emmenée — mais cela, on me l'a révélé trop tard — dans tous les lieux illustres qui devraient, un jour, m'accueillir. Nous sommes passées devant les lycées Henri-IV et Louis-le-Grand, l'Ecole normale de musique de la rue Cardinet, et même le Panthéon, c'était sur le chemin. Il m'a aussi présenté, paraît-il, le Louvre, l'Opéra de Paris, l'Elysée. J'avais intérêt à être à la hauteur... Avec, toujours, cette question qui me tourmentait : comment être digne de lui, et parricide ?

Bon. On se fiche de tout ça. Je suis ici, au sous-sol des PUF, pour choisir un roman palpitant. Voyons. *Aurélien,* parce que c'est le nom de papa... *Gilles,* parce qu'il y a un personnage qui ressemble à maman... *La Femme assise* d'Apollinaire... Cette biographie de Romain Gary... Un Truman Capote — non, j'ai tout lu... Le Sybille Lacan, parce que dans le genre « tuer le père » on ne fait apparemment pas mieux... *Dix-Huitième Année* de Jean Prévost, cela tombe bien... Ah non! J'y pense! Süskind... *Le Parfum...* C'est exactement ce qu'il me faut. Tout à fait le genre de livre qu'elle doit aimer...

«Pardon, monsieur...

— Je m'appelle Sandrine.

— Oh, mille excuses... Je cherche un livre...

— Vous n'êtes pas la seule.

— Si vous pouviez m'aider...

— Je ne suis pas payée pour. Demandez à quelqu'un du magasin.»

«Bonjour.

— Bonjour.

— Pourriez-vous m'aider?

— De quoi s'agit-il?

— Vous connaissez *Le Parfum*?

— Je me lave, moi, qu'est-ce que vous croyez!

— Je parlais de Patrick Süskind...

— Patrick qui?

— Süskind.

— Inconnu au bataillon.

— Dans les rayons, peut-être...

— Un : je me lave. Deux : je ne suis pas vendeuse. »

Bon. Tant pis pour *Le Parfum*. Ce sous-sol est inculte. Et puis il fait beaucoup trop chaud. Vite, sortir. Acheter *Le Nouvel Obs*, ça suffira. Et puis trouver de jolies fleurs. Des roses ? Des violettes ? Des lys ? Quelque chose d'exotique, plutôt. Je n'y connais pas grand-chose, mais je sais que cela lui fera plaisir. J'ai lu quelque part chez Albert Cohen : « Elles sont sensibles à ces légumes. »

Retour à L'Ecritoire. Avec un cactus. Sûrement une erreur, ce cactus... Qu'est-ce qui m'a pris d'accepter ? J'aurais dû tenir bon sur les lys. Je me fais toujours avoir. Une fleuriste trop aimable, un peu trop laide, une légère pitié... Et me voilà avec un cactus tout flapi.

Je suis partie une demi-heure à peine et ce ne sont déjà plus les mêmes gens... Mêmes rires, même tohu-bohu, mêmes joues gonflées par la mastication, même ballet, en somme. Mais les acteurs ont changé. Et maman, elle, qui n'est toujours pas là... Il est six heures moins le quart. Va-t-elle encore venir?

Examen de conscience. Ai-je fait quelque chose de mal? M'en veut-elle? Mais de quoi?

Du poil à gratter dans son lit... Ce n'était pas d'une grande élégance. Mais je n'avais pas six ans. Et puis elle l'avait mérité. La robe Dior que je lui ai empruntée, il y a deux ans, pour aller au lycée... Là, je plaide coupable, même si c'était de bonne guerre. Mais je l'ai assez cher payé, inutile d'y revenir. Bourrelée de remords? Je n'en dors plus la nuit. Puérile? Ah oui! Insolente? C'est bien la moindre des politesses. J'ai tort d'en rire? Tant mieux.

Et s'il y avait... un malentendu plus profond? Une fêlure ancienne, que ces mois de silence n'auraient fait qu'accuser? Je ne sais pas. Il faut attendre. Mettons que ce sera la première question que je lui poserai.

14

Ce doute, tout à coup... Combien de temps suis-je restée dehors, entre la librairie sans parfum et la négociante en cactus ? Trente minutes ! Quarante, peut-être ! Et si elle était venue ? Et repartie ? Non. Elle se serait assise. Elle aurait commandé à boire. L'ami d'enfance, patati, patata. Et puis l'endroit aurait conservé une trace de son passage. Il y aurait scène de ménage, à la table de droite. La fille, là-bas, ferait la tête, enfermée dans sa jalousie. Son fiancé, qui boit goulûment son Cacolac, tâcherait de la consoler, mais ses yeux seraient encore étincelants. Tout le monde, autour, se dirait, comme dans la chanson de Starmania :

«Mais qui était cette créature? Regardez cette femme! Quelle allure!»

Voyons voir... Vérification rapide... De quoi cela parle-t-il, à droite, à gauche, en fond sonore?

«Hue contre Jospin, tu saisis la manip... Je te dis que cette poire est blette... Le ciné américain, y a que ça de vrai... L'Unef-ID me gonfle... Qu'est-ce qu'on ferait sans l'Unef-ID... Barbra Streisand et le prince Charles, je crois que c'est sérieux... Mes parents me disent que de leur temps, en 68... Vise un peu le nouveau look gominé de Diana... Claudia Schiffer: pas si bien, il paraît que ses dents sont fausses...»

Voilà la Sorbonne. Voilà ces étudiants dont j'avais tant rêvé. Et pas un mot sur maman... Les salauds! Non, tant mieux. C'est qu'elle n'est pas venue.

«Garçon, s'il vous plaît?

— Ouais?

— Je me suis absentée quelques minutes et...

— "La maison n'est pas responsable de la

perte ou du vol des objets déposés à terre sans surveillance."

— L'objet, en l'occurrence, c'est ma mère. Elle ne serait pas passée, par hasard?

— Eh, y a pas marqué "Perdu de vue" sur mon front.»

Charmant, ce garçon.

Second garçon.

«Garçon, s'il vous plaît?

— Qu'est-ce qu'elle veut?

— Un autre café, je vous prie... Et aussi un renseignement...

— Et un express, un!

— Et mon rensei...»

Trop tard. N'y a-t-il personne pour m'aider?

«Vous avez un problème, mademoiselle?»

Qui c'est ce barbu? Ce n'est pas un garçon, celui-là. «Vous paraissez désemparée...»

De quoi se mêle-t-il? Oh, et puis après tout...

«J'avais rendez-vous avec quelqu'un mais j'ai peur qu'elle ne soit venue avant moi enfin c'est elle qui était en retard mais comme je suis sortie cinq minutes enfin un peu plus elle a dû croire que je ne l'avais pas attendue alors qu'en fait moi je suis là mais je l'attends peut-être en vain.

— Je vois.

— En fait, je cherche ma mère.

— Et à quoi elle ressemble, votre mère?

— Une créature de rêve. Extravagante, fantasque, elle prend toujours de la bière sans jamais la boire, elle s'appelle Alice, mais elle n'aime pas, elle adore *Pierrot le fou* et Françoise Hardy.

— Hmm... Hmm. Vous auriez pas une photo?

— Un mètre soixante-quinze. Cinquante-cinq kilos. Trente-huit ans. Rousse. Cheveux longs. Yeux bien fendus, verts. Sourcils à la Greta Garbo. Un grain de beauté près de la lèvre. Fume de la main gauche. Shalimar de Guerlain. Ça vous va?

— Une photo, tout de même...

— Une... Oui, bien sûr, tenez.

— Bien. Ne soyez pas triste, asseyez-vous et...»

Je ne suis pas triste et je suis déjà assise.

«Alors restez là, je vais me renseigner. Si quelqu'un l'a vue, votre Madone, il a pas pu l'oublier.»

Pourquoi ai-je menti sur son âge? Pour deux ans, c'est absurde. Elle-même ne le fait jamais. Mais j'ai toujours été coquette à sa place. Petite, entre quatre et sept ans, quand nous vivions ensemble, avant que papa ne me reprenne, je refusais que nous sortions si elle n'était pas impeccablement maquillée — des paillettes sur les paupières, la bouche comme une cerise — et finement chaussée; j'adorais par-dessus tout une paire d'escarpins à talons très hauts, et très pointus. En fait, je voulais qu'elle soit comme dans les magazines, que les gens la reconnaissent et chuchotent sur son passage. Je choisissais avec soin ses tenues et la couleur de ses bijoux. Et j'étais intraitable: «Ah! non», disais-je avec un soupir que je tâchais de rendre excédé, «on ne peut pas sortir comme ça, ton vernis à ongles est mal mis, et tu as oublié ton chapeau!»

Je la renvoyais à ses placards: «Nous partirons quand tu seras vraiment prête!»

Elle se pliait, alors, à mes caprices. Elle réapparaissait, divine, nouvelle veste, joli foulard. J'inspectais, je prenais du recul, je retroussais une manche et, haute comme trois pommes, rendais mon verdict: «Bon, ça ira.»

Elle se mordait la lèvre pour ne pas rire. Et nous partions acheter le pain, bras dessus, bras dessous, caquetant à qui mieux mieux. Mais je restais sur mes gardes: tout près d'elle, à l'affût d'une mèche folle ou d'une épaulette déplacée... Elle s'accroupissait près de moi, au milieu du trottoir ou de la chaussée. Elle m'appelait «ma petite duègne, ma toute petite duègne d'un mètre dix...» et, dans un concert de klaxons, me laissait veiller au moindre détail de sa toilette.

Avec le temps, le rapport a changé. Et, depuis deux ou trois ans, je dirais même qu'il s'est inversé. Elle tient à ce que je plaise aux garçons, me prodigue mille conseils de séduction et j'ai parfois le sentiment qu'elle aimerait, comment dire?, me voir plaire à sa place.

Un souvenir, parmi d'autres. Il y a deux ans. Elle sortait avec un jeune premier, son cadet de dix ou quinze ans, un peu voyou, un peu gouailleur, aspirant comédien en classe libre au cours Florent et membre, paraît-il, d'un club échangiste de la rue Princesse. Que maman se fût entichée du godelureau me semblait drôle et assez crâne. Et ce garçon ne me déplaisait pas, je l'avoue : je le trouvais exotique.

Mais elle a commencé un drôle de manège : me flattant devant lui, ne tarissant pas d'éloges sur la longueur de mes jambes ou l'opulence de mon décolleté, vantant ma docilité ou mon humour. Bref, je ne vois pas d'autre mot : elle poussait à la vente.

Au début, je ne comprenais pas bien. Je me contentais de rougir et la priais de cesser. Puis, comme le Grégoire en question surenchérissait : « Mais comment donc, et cette peau ! Tellement fine ! Et sa bouche ! Une fraise ! » j'ai commencé à trouver ce petit jeu malsain et j'ai cherché à prendre de la distance.

Un samedi, pourtant, il était devant le lycée, à Mobylette : « Viens avec moi. »

J'ai décliné, il a insisté : « Alice nous attend au Vavin. »

Alice ne nous attendait pas du tout. Alice, je m'en apercevrais le lendemain, était dans le Limousin. Coup monté? Elle a toujours nié. Mais le fait est qu'au bout d'une demi-heure de tête à tête, après qu'il eut multiplié les avances plus ou moins directes, les jeux de mots scabreux, puis, enfin, un geste carrément osé, je lui ai envoyé un grand coup de pied dans le tibia en le traitant — insulte suprême — de pauvre con biduleux.

« Mademoiselle... Mademoiselle?

— Oui?

— Voici mon rapport : sept personnes n'ont jamais vu votre mère, deux sont certains de l'avoir croisée tout à l'heure, trois m'ont supplié de leur donner son numéro de téléphone et le dernier m'a demandé où elle était mercredi dernier entre quatre et six heures du matin, à l'heure du double meurtre du parc Montsouris.

— Me voilà bien avancée...

— Je serais vous, j'irais lui téléphoner...

— Impossible. Aucun moyen de la joindre.

— Et depuis combien de temps l'attendez-vous ?

— Un certain temps.

— Je vois Et combien de temps encore pensez-vous rester ici ?

— Le temps qu'il faudra.

— Bien. J'attends quelqu'un, moi aussi. Je me demandais si...

— J'ai beaucoup de travail.

— Ah, tiens... Et de quoi s'agit-il ?

— "Formation et déplacement des concepts scientifiques chez Georges Canguilhem." C'est mon mémoire de maîtrise.»

Le pauvre, comme je l'ai expédié... Il était plutôt serviable. Mais c'est sa faute, après tout, s'il tient davantage de Danny de Vito que de Daniel Day Lewis...

«Mademoiselle ?

— Quoi encore !

— Vous vous appelez bien Louise H.?
— Oui...
— Il y a eu un appel, pour vous, il y a une demi-heure, mais vous n'étiez plus là... C'était un monsieur. De la part de votre mère. Il a laissé un message.
— QUEL MESSAGE?
— Ne nous affolons pas.»
Il hurle, les mains en porte-voix autour de la bouche: «Momo! Mo-mo! Qu'est-ce qu'il a dit, le type, pour la fille de la trois? Comment?»
Reprenant une voix normale:
«Ah oui, c'est ça: "Attends Alice, elle va venir."
— C'est tout? La personne ne s'est pas présentée? n'a pas dit d'où elle appelait? si tout allait bien? Elle n'a pas donné d'explication?
— Momo! Mo-mo!
— Non, ça va, laissez tomber, merci.»

Bon. Louise, reprends-toi. Ta mère va arriver. Enfin! C'est merveilleux! Encore que... Avec elle, tout est toujours possible. Y compris descendre du taxi en route, décider qu'il sera plus drôle de prendre le métro, changer à Concorde au lieu de Châtelet, rencontrer un musico qui fait la manche dans un wagon et l'inviter à une soirée salsa qui durera jusqu'à demain. Sophia disait toujours : « Avec Alice, c'est bien simple, il faut compter sur le pire. »

15

Souviens-toi de ce jour où tu croyais qu'elle t'avait abandonnée...

Tu n'as pas tout à fait cinq ans. Vous êtes à Rennes. Sophia et ta mère t'emmènent au square, dans le centre historique de la ville. Tu sens que vous allez vous amuser, tu cours comme un chiot fou, tu demandes une barbe-à-papa, elles t'offrent même un cerceau ; c'est chouette, la vie.

Tout à coup, elles avisent une grande de dix ans sur une patinette : « Regarde, Louise, comme elle a l'air sympa ! »

Tu ne réponds pas. Tu la juges moche. Tu lances du sable sur un pigeon pour marquer ton mécontentement. L'effet est raté. Elles trouvent cela gracieux, et la gamine aussi.

«Comment tu t'appelles, ma grande? demande ta mère d'un air enjoué.

— Jessica. Et toi?» répond la fille en secouant ses tresses.

— Moi, c'est Alice. Elle, c'est Sophia. Et la petite, qui se cache derrière moi en suçant son pouce — c'est une vilaine habitude —, eh bien, c'est ma fille, c'est Louise.

— Salut», dit prudemment la fille, avec un sourire de travers.

Sophia et Alice échangent un regard, puis Sophia prend la situation en main.

«Dis-moi, Jessica, ça te plairait de gagner trente francs?»

Le ton se veut plein d'allant. En tout cas, elle a visé juste: les yeux de la grande Jessica brillent comme son collier de perles en plastique. Mais la gamine ne s'en laisse pas imposer:

«Avec trente francs, on ne peut même pas acheter une poupée Barbie!

— Et combien il te faudrait pour une poupée Barbie?

— Au moins trente-cinq francs!

— Eh bien, écoute : je te les donne.»

Qu'est-ce qui lui arrive? Elle est devenue folle? Pourquoi veut-elle faire un cadeau à cette crâneuse?

La gamine, en tout cas, est aux anges et savoure l'aubaine. Puis, un soupçon :

«Et je dois faire quoi en échange?»

Puis, attendant la réponse, elle tourne la tête sournoisement et dessine des ronds dans le sable avec la pointe de sa chaussure.

«Facile, tu joues un peu avec Louise pendant qu'on va faire des courses.

— Des courses pour acheter ma Barbie?

— Pour acheter ta Barbie.

— Barbie-magique-et-sa-coiffure-de-rêve?

— Barbie-magique-et-sa-coiffure-de-rêve.

— Formidouble! Tu viens, Louise, on va jouer à chat perché!»

A ce moment-là, je lève les yeux sur maman, j'imagine qu'elle va éclater de rire, s'écrier : «Oh, la bonne blague! On l'a bien eue!»

Mais non. Elle évite mon regard. Elle sourit

à l'affreuse gamine, s'extasie sur la trottinette, dit qu'elles n'en ont pas pour longtemps, qu'il faudra être sages et ne pas parler aux inconnus.

J'aurais dû crier, trépigner, simuler une crise d'épilepsie. Mais je ne crie pas, je ne pleure pas, j'essaie à peine de me cacher dans les jupes des deux traîtresses. La grande fille m'examine, elle pense à sa Barbie, elle rit.

Maman se penche vers moi. Elle me dépose un baiser sur le front. Elle ne lit pas la détresse sur mon visage, elle ne voit pas mon regard de toute petite fille qui comptait sur elle pour jouer au cerceau et passer l'après-midi à rire et à chanter. Elle dit : «Sois bien sage, Minou, surtout, reste avec Jessica.» Puis Sophia lui prend le bras, et elles s'en vont, d'un pas vif, sans se retourner.

Je les vois s'éloigner dans la lumière jaune. J'en remplis mes yeux. Leurs longues jambes sont comme des aiguilles à tricoter. Elles ne sont plus qu'un petit point. Elles ne sont plus qu'un peu de poussière. Il me semble entendre le rire clair de maman.

Jessica me jauge un moment en silence, avec un sourire que j'imagine, aujourd'hui, à la fois vicieux et narquois. Puis elle lâche :

« T'as quel âge ?

— Quatre ans et demi.

— J'imagine que tu sais pas comment on fait les bébés ? »

Je remonte le menton, crânement :

« Si, je sais.

— Alors vas-y, explique.

— Non je explique pas. »

Je reste campée devant elle, mes petits poings serrés au fond des poches.

« Ça veut dire que tu sais pas.

— Si je sais.

— Non tu sais pas.

— Si je sais.

— Alors pourquoi tu veux pas expliquer ?

— Parce que.

— Parce que quoi ?

— Parce que : parce que. »

Nous restons face à face, de brusques rafales de vent soulèvent le sable en petites vagues, les passants nous bousculent sans s'excuser. Je mets mon pouce dans ma bouche pour avoir l'air très occupé.

La grande revient à la charge, l'air de s'en croire :

« Tu sais ce que c'est un nutérus ? »

Je ne réponds pas, j'ai de plus en plus envie de pleurer. Elle reprend :

« Et le cordombilical, tu connais ? »

Ça y est, je sanglote doucement en me frottant les yeux avec les poings. Qu'est-ce qu'elle me veut, celle-là, pourquoi elle m'embête ?

Elle semble attendrie, tout à coup. Son regard se fait câlin. Elle me prend par les épaules.

« Viens, je vais t'expliquer. »

Le moment qui suit est un des plus longs de ma vie d'enfant.

Jessica, toute rose, toute blonde, devient grave et se met à raconter en détail les différentes méthodes de procréation, les spermatozoïdes, l'ovulation, la grossesse, les maladies de la grossesse, les premières crampes — qu'elle se taise! Tais-toi! Mais tais-toi donc! Elle continue de plus belle, très animée, les joues en feu, elle raconte le bébé sanguinolent qui sort entre les jambes, à l'envers, on l'aide avec une sorte de couteau, une pince, la maman hurle, le bébé hurle, le médecin hurle, la sage-femme hurle. tout le monde hurle, et moi, je vais vomir dans un bosquet de tulipes en boutons.

La gamine me rejoint :

« Eh, copine, qu'est-ce que t'as, ça va pas, t'es malade ? »

Malade, moi ? Je suis renversée, toute rouge, presque violette, les yeux hors de la tête, secouée de spasmes, la figure barbouillée de larmes et de vomi. Malade ?

Jessica regarde à droite, à gauche, ouf! personne ne fait attention à nous, elle enfourche sa trottinette et s'enfuit en roulant comme une bille dans les allées sinueuses.

Sophia et Alice réapparaîtront mille ans après, jacassant comme des oies, ravies de leurs emplettes et de leur après-midi. J'ai fini par échouer, entre-temps, au poste de surveillance du jardin, accroupie dans un coin, petite chose grelottante et crottée, le regard dans le vague. J'imagine que je suis la pauvre Candy abandonnée, qu'on va m'emmener à l'orphelinat de Mlle Pony, que je ne verrai plus jamais mon papa.

Ont-elles pensé à la poupée Barbie ?

Je ne me souviens plus bien. Mais il me semble que non.

16

J'avais, donc, presque cinq ans au moment de l'«abandon». Assez grande pour me plaindre. L'ai-je fait ? Auprès de qui ? Toujours est-il que la semaine suivante, sur intervention expresse de papa, j'étais placée sous la garde de ma première nounou, Malika. Elle ne fit pas long feu dans la profession. Papa, même à distance, finit par se rendre compte que l'attentionnée jeune fille, au lieu de m'emmener aux balançoires du Luxembourg, m'assommait de Primpéran avant de m'allonger sur un divan, chez son amant.

J'eus davantage de chance avec la seconde ; elle s'appelait Aimée, on disait : Madame

Aimée; et j'ai longtemps cru qu'elle s'appelait Madamémé. C'était, en principe, de bon augure. D'ailleurs, elle honorait son nom : infiniment aimante et tendre, elle m'apprenait à donner à manger aux moineaux, me laissait venir dans son lit le matin et préparait la polenta comme personne.

Un jour, hélas, diagnostiquant sans doute quelque défaillance maternelle sur la question, elle décida de «prendre mon éducation en main». Et c'est ainsi que, pour la première fois, j'entrai dans une église.

J'allais avoir cinq ans. Elle m'expliqua : «C'est très simple; tu t'assieds, tu ne suces pas ton pouce, tu regardes ce que font les gens et tu fais tout pareil.»

Cela avait l'air facile · «tout pareil».

Et comme je voulais qu'elle soit bien contente de moi, je fis du zèle : je cachai mes mains derrière mon dos, je regardai droit devant moi de mon air le plus raisonnable — fastoche — et puis, quand tout le monde se leva pour entonner un chant que je ne savais pas puisqu'on ne me l'avait pas appris à l'école, j'ai réfléchi une seconde et me suis mise à chanter, moi aussi, bien fort, très juste, très en mesure — mais «Au clair de la lune, mon ami Pierrot»...

Madamémé ne fut pas contente du tout. On partit précipitamment avant la fin du spectacle. Elle ne prononça pas un mot jusqu'à la maison et renonça à «s'occuper de mon éducation». Papa, à qui je racontai l'incident, lui expliqua que c'était aussi bien ainsi, vu que nous n'étions pas vraiment catholiques. Madamémé eut de la peine. Souvent, par la suite, elle me regardait tristement, en dodelinant de la tête, en caressant mes cheveux et en soupirant d'un air navré: «Pauvre, pauvre petite petiote...»

Ceci a-t-il un rapport avec cela? Madamémé tomba malade à peu près à cette époque et nous quitta très vite. Il faut dire qu'elle n'était plus toute jeune et que ses varices la faisaient souffrir. Elle ne se plaignait jamais. Elle disait que c'est le Bon Dieu qui le voulait. Le Bon Dieu? Mon Bon Dieu? Le bon «Doudou» qui m'aidait à recevoir de gentils cadeaux et à avoir de bonnes notes en récitation ? Comment pouvait-il tolérer les vilaines varices de Madamémé ? En voilà une énigme par exemple ! Madamémé, me disais-je, devait se tromper en faisant ses prières. Elle devait inverser des mots, ou parler en patois, ou ne pas assez articuler. Je lui aurais bien dit de faire attention, mais j'avais peur qu'elle ne se vexe. Les adultes sont d'un susceptible, parfois ! Et Dieu, encore plus ! Un jour, elle est tombée d'un pont, chez elle, près de Bordeaux, et je ne l'ai plus jamais revue.

Le jour de mes cinq ans, papa nous envoya une troisième nounou qui s'appelait Marie-Ange. Elle n'avait pas d'enfants et elle me trouvait mignonne et potelée, alors elle m'a tout de suite adoptée. Je me souviens d'une dame aux cheveux châtains relevés en chignon, gestes précis et yeux ardoise, qui m'emmenait à l'école au pas de gymnastique, une-deux, une-deux, c'était fort gai, et qui me laissait regarder la télévision dans sa chambre jusqu'à la fin du film, même quand il se terminait tard.

C'était bien, la vie avec elle. C'était bon. Mais Marie-Ange, elle aussi, a dû partir. Je vais me marier, m'expliqua-t-elle, les larmes aux yeux. Je trouvai ça un peu bizarre vu que, pour se marier, il fallait avoir vingt ans, être blonde aux yeux bleus et avoir trouvé son Prince charmant. Marie-Ange n'était plus toute jeune. Elle avait cinquante ans, peut-être plus, des tas de petites rides au coin des yeux, et m'avait montré une photo de son amoureux : il était très laid, très vieux, avec une vilaine veste à carreaux et un sourire bizarre : trop de dents d'un côté, plus du tout de l'autre. Je ne voulais pas qu'elle parte. Alors je lui ai dit que son mari avait l'air d'un ours. Elle aurait pu mal le prendre. J'ai eu de la chance, cela l'a fait rire. Elle m'a serrée contre sa poitrine. Puis elle a saisi sa grosse valise marron, et je ne l'ai plus jamais revue, elle non plus. Plus tard, j'ai appris qu'elle avait trouvé une autre place, chez d'autres gens, avec d'autres enfants. Mais alors pourquoi, pourquoi nous avait-elle quittés?

Qu'est-ce que ces gens-là avaient de mieux que nous ? Nous étions si heureuses, toutes les deux...

Longtemps après, j'ai compris : elle ne supportait pas maman, son désordre, ses amants. Elle n'en pouvait plus de buter sur des seringues, de répondre aux piques des voisins et d'affronter leur regard en les croisant chez les commerçants du quartier.

17

Qu'est-ce que c'est que ce remue-ménage? Ah, c'est le grand à rayures, là-bas... Pourquoi s'agite-t-il comme un diable?

«Sachez, mâdâme, que je fume *le* cigare que je veux, *où* je veux et *quand* je veux! Mais ça ne me dérange nullement si vous, vous ne fumez pas.

— Non, môssieur, répond la petite frisée de la table à côté, clone de Jackie Sardou, vous ne faites pas ce qui vous chante, môssieur! Nous (elle prend l'assistance à témoin), vos vapeurs nauséabondes et cancérigènes nous insupportent.

— Mâdâme est sans doute fragile des

bronches... Qu'elle aille en cure a Saint-Joie-les-Gouttes!»

Intervention du garçon de café:

«Oh là! Qu'est-ce qui se passe?

— Il se passe qu'une handicapée ennuie le monde avec ses problèmes pulmonaires.

— Quel culot! s'insurge la petite Jackie, hors d'elle. Ce malotru nous empeste avec son tabac frelaté!

— C'est que cette partie de la salle est réservée aux clients non fumeurs, arbitre le garçon.

— C'est ce que je disais, exulte la frisée.

— Bravo», déclare le grand à rayures qui se lève, esquisse une révérence et lui souffle, en passant, un jet de fumée au visage.

C'est drôle, ce n'est pas à maman que pareille aventure arriverait. Elle a toujours fumé où elle voulait, même au cinéma, et avec tant d'assurance que personne n'ose le lui reprocher. Maman et son insolence... Quand je pense qu'hier soir, à l'UGC Montparnasse, une bêcheuse m'a dit «On n'est pas au cirque!»

parce que je faisais un peu trop de bruit avec mes papiers bonbons... On n'était pas à la messe, non plus!

Cela dit, il est six heures et demie. Maman n'a jamais été si en retard. Et je commence à me demander si elle finira jamais par venir. Me serais-je trompée de rendez-vous? Non, puisqu'elle a fait appeler. D'heure? Elle a dit qu'elle arrivait. Aurait-elle un problème? Une bêtise qui la retiendrait? Ça oui, c'est bien son genre. Elle est capable d'avoir embarqué le musico ou de s'être arrêtée chez un copain et d'être en train de refaire le monde. Elle va s'apercevoir de l'heure, le prendre par la main et lui dire: «Viens, mon chat, je ne suis pas d'accord mais on va poursuivre le débat sur le chemin: j'ai rendez-vous avec Louise, tu verras comme elle est amusante et comme on se ressemble peu»... Cela aussi, c'est son genre. Tout pour éviter les tête-à-tête, les confidences et les questions gênantes.

Une fois, je me souviens: j'avais treize ou

quatorze ans, nous devions passer deux jours ensemble à la campagne. Je vivais avec papa, et elle n'avait plus le droit de me prendre qu'un week-end sur deux et la moitié des vacances. Samedi midi, donc. Après le lycée. Je l'attends fébrilement, comme toujours, au Vavin. Je suis tellement heureuse de la voir! J'ai tant de secrets à lui confier! Il y a, dans mon sac US, mille et un trésors : un seize en rédaction, un collage noir et blanc, des photos de mon amie Isabelle et moi au spectacle du cours de danse.

Mais quand elle arrive — en retard, évidemment —, elle est flanquée d'un grand type osseux et ricanant.

«Je te présente Pierre-André.

— *Call me Joe*», corrige le type.

Suivent des propos bizarres, débités sur le ton d'un télégramme. «Il fait chaud trop dormi j'ai soif un Coca ta fille une bière moi aussi cool raoul pas trop tôt.»

Je me dis que maman l'a rencontré par hasard, que, par politesse, elle lui a proposé de venir prendre un verre et qu'il va bientôt partir. D'ailleurs, il a l'air, lui aussi, de se demander ce qu'il fait là.

Aussi polie que maman, je m'enquiers :

« Et vous, monsieur Joe, vous faites quoi dans la vie ?

— Je glande. »

Rire gêné de ma part. Haussement d'épaules de maman. Puis, après un long silence et histoire de n'avoir pas l'air trop sotte :

« Sympa votre blouson ! »

Et lui, ponctuant sa phrase d'un bruyant raclement de gorge :

« Ouais, je sais, ouais. »

Palpitant.

En général, quand quelqu'un ne dit rien, j'ai tendance à le trouver énigmatique, auréolé de mystère, je lui prête je ne sais quel arrière-monde... Mais lui, visiblement, ne pense à *rien*. Il est là, immobile, avachi. Il impose sa présence, ses Marlboro rouges, ses gestes saccadés, ses grosses veines bleues sur les mains, et ses doigts, que j'imagine sur le corps de maman... Intolérable. Non. Cet énergumène ne peut être son amant.

En attendant, il est là, minéral, pesant.

Il faudrait que je puisse prendre maman dans mes bras, l'embrasser sur le nez, lui dire : «Tu m'as manqué, tu sens bon, laisse-moi allumer ta cigarette, partons.» Mais, devant lui, je n'ose pas. Je reste là, assise, les mains sagement posées sur mes genoux, à siroter mon Coca en faisant des bulles avec ma paille — parce que c'est meilleur et qu'avec maman, depuis que j'ai trois ans, j'ai le droit.

Je me dis qu'il va bientôt se lever, aller jouer au flipper, téléphoner, il doit avoir des fourmis partout, à force d'être figé. Pendant ce temps, je fomenterai un plan d'évasion : «Vite, vite, dirai-je à maman, on raconte qu'on doit filer, qu'on nous attend à l'autre bout de Paris, qu'on est en retard, ou mieux on se sauve sans prévenir, c'est plus sûr et plus drôle.»

Mais non, le type ne bouge pas, il est bien, il fait des ronds de fumée en rejetant la tête en arrière. De temps en temps, il lance un coup d'œil du côté d'Alice : peut-être veut-il s'assurer qu elle est impressionnée; peut-être pas; de toute façon, elle regarde ailleurs, l'air aussi vague que lui, le menton sur la main, souriant dans le vide. Je l'ai déjà vue plus en forme. Elle est comme moi : elle doit attendre qu'il s'en aille, elle n'ose pas le chasser et pense qu'il va comprendre tout seul.

Bon. Après tout, je suis avec elle. On a deux jours de bonheur devant nous. Je peux bien supporter ce Call-me-Joe une heure ou deux. Alors je m'occupe, je mets de la moutarde dans le cendrier et du Coca dans la moutarde. Mais le bougre ne bouge toujours pas. Il s'amuse avec ses petites peaux autour des ongles et sifflote entre ses dents. Maman commande autre chose à boire : « Un verre de vin, s'il vous plaît. » Les verres vides s'alignent sur la table. Déjà six. J'ai peur que maman ne se soûle. Elle a rarement l'alcool gai. Et puis je ne suis pas sûre qu'elle ait de quoi régler. Aucune envie de partir en courant, comme cela nous arrive, parfois : le Vavin, je passe devant quatre fois par jour...

Miracle ! Call-me-Joe, sortant de sa torpeur

et crachant un dernier croissant d'ongle sur la table — vraiment ce type est répugnant — se décide enfin à bouger.

« Bon, les filles, on s'arrache. »

Direction Issy-les-Moulineaux où il vit dans un horrible petit pavillon, avec ce qu'il appelle sa « bande ».

Quand nous arrivons, les membres de ladite bande sont vautrés sur des matelas et des sacs de couchage, à même le sol. Il flotte une épouvantable odeur de bouc, qui ne semble déranger personne. Un peu à l'écart, un garçon, tout en ventre, le dos rond, joue un air des années soixante sur sa guitare, en battant la mesure avec la tête : yeah, yeah.

Plus loin, deux affreux semblent absorbés par la lecture d'un magazine, sous l'œil attentif d'un chat siamois.

La seule femme de l'assistance, le nez en pied de marmite et les cheveux dans la figure, est étendue par terre, les bras en croix.

Regards éteints dans notre direction.

Je risque un sourire timide.

Sur quoi, Call-me-Joe, qui a ouvert sa chemise jusqu'au nombril, déclare non sans une certaine fierté :

« Les filles, voilà mes potes : Manu, Pat (salut, vieux !) Nancy (qui plane), Loulou, Mic, Gérard et Bill. »

Puis :

« Les potes : je vous ai déjà parlé d'Alice ; la minette à côté, c'est Louise. Ouais, la fille de. Attention, elle est mineure. »

Il s'assied près du nommé Pat et s'allume un gigantesque cône.

J'essaie d'avoir l'air neutre, de me composer un visage blasé, genre j'ai l'habitude. Mais il faut avouer qu'avec ma minijupe, mon cardigan Agnès B et ma tresse sage, je ne me fonds pas vraiment dans le décor.

Je m'assieds par terre, à côté de Bill, qui ressemble à un frère Rapetou. Et là, je fais le geste le plus absurde qui soit : je lui tends la main. C'est plus fort que moi. Mes dix ans de bonne éducation, plus puissants que le ridicule...

Le Rapetou me souffle sa fumée dans le visage. Prise d'une irrépressible envie de tousser, rouge brique, je regarde désespérément en direction de maman. Son profil aigu, sur le fond noir du mur derrière elle. Cette façon, étrange, de rouler sa cigarette. Son expression de petite fille appliquée, le bout de la langue entre les dents. C'est ça, le week-end de rêve? C'est ça qu'elle trouve à m'offrir?

Envie furieuse d'aller près d'elle, de la secouer, de la ranimer. Lui dire mais tu es folle, qu'est-ce qu'on fait avec ces nuls, reviens à toi, ce n'est pas ce que tu m'avais promis... Ne m'avais-tu pas dit qu'on allait à la campagne?

Elle lève les yeux sur moi, ses grands yeux verts piqués d'or. Mais elle me regarde sans me voir, déjà partie, fixant sur un point, très loin, bien au-delà du mur lépreux, au-dessus de ses amis affalés. Seul son parfum, enveloppant et sucré, continue de lui ressembler et arrive jusqu'à moi. Maman, toujours? Ma petite maman que j'attendais, quelques heures plus tôt, avec tant d'impatience? Sur son cou, une veine qui palpite, et que je reconnais.

Je devrais me lever, décidée, hautaine, un sourire ironique aux lèvres, et partir dignement : je vous méprise, tous autant que vous ètes, je vous méprise... J'aimerais être quelqu'un d'autre, être plus forte, être plus fière. Mais les années ont beau passer, j'ai toujours peur de deranger, et c'est à peine si j'ose bouger. Si loin de maman, si près des larmes...

Là-dessus, providence ! J'aperçois le siamois qui joue sur un coussin.

« Minou, psst, regarde-moi, bébé... »

Le chat vient me renifler la main, tourne quelques instants autour de moi avant de s'installer sur mes genoux en ronronnant. Qui a dit que c'était le chien, le meilleur ami de l'homme ?

Je suis sauvée : les amis de Joe font partie de ces gens qui se fient aux jugements des animaux. Et voilà Gérard qui vient me raconter une histoire drôle ; Nancy, qui me propose une bière avec un large sourire ; et le Rapetou lui-même qui me prête *Coke en stock* et *L'Etoile mystérieuse*.

Je n'en demande pas tant. Confuse, je dis : «Merci, pardon, merci beaucoup.» Je bois une gorgée de bière et commence à feuilleter mes Tintin. J'aurais accepté n'importe quoi.

Le week-end passera plutôt vite finalement.

Dimanche soir.

Mes nouveaux amis me disent au revoir, à la semaine prochaine, qu'est-ce que tu fais pour les vacances, ils m'offrent quelques joints en attendant et me font promettre de téléphoner souvent. Je promets en croisant les doigts.

18

Tiens... Ce jeune homme, là, sur la place... Ce grand imper sombre... Cette mine si pâle, comme si le sang s'était retiré du visage... Il me semble... Serait-ce lui? Adrien? Depuis le temps que je l'attends... Je sais tout de lui... Tout... Nous ne nous sommes jamais parlé, je ne l'ai jamais vu de si près, mais je crois bien que... Khâgne à Henri-IV. Dix-neuf ans. Vit dans un studio, rue Bréa. Seul. Petite amie, hélas. Aime Shakespeare, Molière et le football. Aime aussi... Mais! Il vient vers moi! C'est lui, il n'y a pas de doute, et il vient droit sur moi! Quelle contenance prendre? Si seulement je savais fumer sans tousser... Et j'ai l'air tellement bête avec mon cactus... Sous la table le cactus. Il arrive, il va entrer dans le café, mon rouge à lèvres doit être épongé par le café crème, tant pis, il pousse la porte, il m'a vue, me sourit, il est en face de moi, au secours!

«Bonjour, Louise... Louise, c'est bien ça?

— Oui, c'est ça, dis-je en m'emparant de ma petite cuillère pour m'occuper les mains.

— Moi c'est Adrien.

— Ah.»

(Sans blague...)

«Tu attends quelqu'un?

— Non, non.»

(Mais si, crétine! Tu as un emploi du temps de ministre! Pas une seconde à toi!)

«Enfin, je veux dire... Si... J'attends effectivement quelqu'un...»

(Louise, lâche ta petite cuillère, tu vas encore faire des bêtises...)

«Moi aussi, j'ai rendez-vous, mais... Tu permets que je m'assoie, puisque nous attendons tous les deux?»

(Voilà, j'en étais certaine, la petite cuillère est

complètement tordue. Hop, sous la table, avec le cactus.)

«Oh, tu as fait tomber quelque chose...

— Moi?

— Oui, tiens, regarde, ta petite cuillère... Eh bien dis donc, toi, quand tu remues ton café...

— Non, on me l'a donnée comme ça.»

(Ça y est, je rougis, je parie que je rougis.)

«On te l'a donnée tordue, à moitié cassée? Non, mais ils ne manquent pas d'audace, ici! Garçon!»

(Demi-sourire ironique. Se moquerait-il de moi?)

«Non, non! Ce n'est pas sa faute, le pauvre, il est débordé, et puis pas besoin de cuillère, moi.»

(Le débit s'accélère, se précipite, j'avale la moitié des mots. Louise, calme-toi, respire profondément. Zen.)

«Tu as remarqué: on n'arrête pas de se croiser et c'est la première fois qu'on s'adresse la parole.

— Ah...»

(Le soleil, en face, l'oblige à fermer à demi les

yeux. Avec un peu de chance, il n'a pas remarqué que je suis cramoisie. D'ailleurs, il continue.)

«J'ai appris que tu voulais tenter Sciences Po?

— C'est vrai, mais j'y ai renoncé.

— Je suppose que tu as tes raisons.»

(Quelle empotée! Tu l'as terriblement déçu! Quel besoin, aussi, de raconter ta vie!)

«Louise, ne bouge surtout pas.

— Comment?

— Je dis : ne bouge pas.»

(Il me prend le poignet... Il approche son visage du mien... Son parfum poivré m'enveloppe et me caresse... Va-t-il m'embrasser? Déjà? Je l'encourage d'un sourire.) Il dit :

«Fais un vœu, tu as un cil sur la joue.

— Un vœu?... Voilà.»

(Mon vœu : cesser de rougir, cesser de rougir, cesser de rougir!)

Il effleure ma pommette de l'index. Je deviens violette de confusion. Bravo, le vœu! Merci, Doudou, tout là-haut!

«Tu as une peau de bébé.

— C'est un compliment?

— A ton avis?

— Je ne sais pas : les bébés, c'est fripé.

— On ne doit pas fréquenter les mêmes bébés. *Do you mind if I smoke*?

— Heu... *Yes, no, please, please do.*»

Attention, Louise, tu frôles le ridicule! Il est vrai que la situation devient diablement embarrassante. Bon. A chacun ses armes. Imagine-le chez le dentiste, la bouche béante, il fait : aaaahhh, il a une horrible carie au fond à droite.

«Louise, tu m'écoutes?

— Pardon?

— Je disais : tu m'écoutes?

— Oui.

— Je dois partir.

— Bon.»

Bof, il n'est pas si beau, finalement. Et puis il manque un bouton à sa chemise.

«Ecoute, Louise, je voudrais qu'on se revoie.»

Qu'on se revoie! Maman! Entends ça! Il veut

qu'on se revoie! Lui! Le plus beau garçon du monde! Tous les deux!

«Heu... Peut-être. Il faut que je réfléchisse.

— Je comprends.»

Tiens, c'est lui qui a l'air troublé, maintenant. Le sang lui monte au visage et avive — enfin! — les pommettes hautes. Et puis cela fait trois minutes qu'il émiette du pain sur la table. Comme c'est mignon...

«C'est pour les pigeons?

— Quoi donc?

— Le pain : c'est pour les pigeons?

— Non... C'est une horrible habitude.

— Remarque... ce n'est pas pire que de tordre les petites cuillères...

— Sauf que moi, en plus, c'est répugnant...

— Mais non...»

Le petit tas de mie est imprégné de café froid.

Un garçon essuie la table avec une moue réprobatrice. Nous éclatons de rire

«Demain soir, tu peux?

— Non, pas demain soir.

— Après-demain soir?

— Non plus.

— Quand, alors? Propose une date!

— Ce soir.

— Comment?

— Je dis : ce soir, je peux ce soir.»

Un sourire ravi vient retrousser ses lèvres. Il a l'air d'un enfant.

«Ce soir? Formidable! Que veux-tu faire? Théâtre? Dîner? Exotique? Végétarien? Je passe te prendre? A moins que tu ne préfères le cinéma? Un vieux Woody Allen? Le dernier Polanski?»

Il n'ose plus me regarder en face.

«Adrien, tu aimes jouer au billard?

— J'adore!

— Eh bien, passe me chercher à neuf heures... J'habite...

— Je sais où tu habites.

— Oh, oh! Et que sais-tu, encore?

— Mille et un secret.

— Ça m'étonnerait. Vas-y toujours...

— Tu as deux chats siamois. Tu vis chez ton père. Tu va t'inscrire à Assas. Tu fais de la danse, le mardi et le jeudi, au centre du Marais.

J'y suis même allé, un jour, juste pour t'apercevoir. Tu n'es jamais tombée amoureuse et...

— Et... qui t'as si bien renseigné ?

— J'ai mes informateurs. J'espère que tu n'es pas fâchée...

— Je dois ?

— Je ne crois pas. »

Ça a marché, le coup du dentiste. Je recommencerai. La vie est belle ! Comme tout cela est doux! Comme c'est bien, finalement, que maman soit en retard! Comme je l'aime! Maman ? Quelle maman ?

19

La dernière fois qu'elle n'est pas venue à un rendez-vous, ce jour-là je l'ai quittée. Oui, comme on quitte un amant : « C'est fini, je m'en vais. » Et ce fut la dernière fêlure — mais, peut-être la plus dramatique — dans ma vie de petite fille.

J'avais juste sept ans. C'était un après-midi de septembre, semblable à celui-ci. Elle devait venir me chercher à la sortie de l'école, à deux pas d'ici, rue Saint-Benoît. Elle avait promis de m'emmener voir *Rox et Roucky* au cinéma. J'étais, une fois de plus, si contente ! Tous les enfants connaissaient la chanson par cœur et s'échangeaient des autocollants à la récré.

A quatre heures et demie, ils étaient presque

tous rentrés chez eux en courant, par petites bandes. A cinq heures, quelques mamans papotaient encore sur le trottoir. Elles avaient apporté des pains au chocolat et caressaient les cheveux de leurs bambins. Moi, j'attendais toujours, seule devant la grille, mon petit bonnet bien enfoncé sur les oreilles et mes moufles au fond des poches. Il commençait à pleuvoir. Je me disais : « Elle est en retard, mais elle va venir; elle me l'a promis : elle va venir. »

A cinq heures et quart, je m'inquiète : on va manquer la séance!

A cinq heures et demie, je m'affole et récite, à mi-voix, pour ne pas trop sentir passer le temps, mes tables de multiplication.

A huit fois neuf, je fonds en larmes : maman ne vient pas, maman ne viendra pas, il est arrivé quelque chose à maman...

Je rentre à toute allure, comme la souris Speedy Gonzales.

Je gravis l'escalier quatre à quatre : « Ne t'inquiète pas, maman, je suis là, je suis ta petite Louise, et j'arrive ventre à terre... »

Il est six heures et demie. Maman est là. Elle

ne s'inquiète pas le moins du monde. Elle écoute Françoise Hardy dans son bain, en mâchant de la réglisse. Elle avait tout bonnement oublié. Ou sa montre s'était arrêtée. Ou elle n'avait pas eu envie.

Abasourdie, je n'écoute pas ses explications. Je ne sais que répéter : «Tu avais promis! Tu avais promis!» Et je cours dans ma chambre en ravalant mes larmes et en prenant bien soin de claquer la porte derrière moi, avec le pied, comme elle le fait elle-même quand elle est vraiment très fâchée.

«Ça me calme», dit-elle.

Moi, cela me fait juste mal à la cheville.

Je m'assieds à mon petit bureau — triste, mais grave et bien décidée à me poser, cette fois, les questions fondamentales : «Pourquoi est-elle si méchante avec moi? Que lui ai-je fait? Toutes les mamans ne sont pas comme elle, je le sais; pourquoi ma maman à moi m'oublie-t-elle ainsi, en écoutant de la musique idiote?»

Mon pouce dans la bouche pour mieux

réfléchir, je décide que j'en ai assez et que papa. lui, tient toujours ses promesses.

J'ouvre, au hasard, un livre, *Le Diable au corps,* qu'une amie de maman m'a donné et dont le titre m'a toujours intrigué. Pair, je pars; impair, je ne pars pas. Page 166 : «émerveillement». Quatorze lettres. Pair. Un autre essai. Page 74 : «chocolat». Huit lettres. Toujours pair. Le sort en est jeté. Rassembler quelques affaires. Approcher un tabouret du téléphone mural de la cuisine. Appeler papa : «Viens, viens me chercher, je ne veux plus rester ici.» Et puis revenir enfin au salon.

Maman est sortie de son bain, drapée dans son peignoir jaune. Elle se met du noir sur les cils, debout face à son miroir. Je lui dis : «Voilà, je m'en vais.» Elle me regarde sans comprendre et me répond, en souriant : «Il y a un bon film, ce soir, à la télé, un western. Ça t'amuse ?» Puis elle voit la petite valise à mes pieds, m'observe un long moment, s'assied, allume une cigarette, secoue ses jolis cheveux et, d'une voix sourde, répète simplement : «Ah oui ? Tu t'en vas ?»

Je hoche la tête. J'ai des larmes plein la gorge. Je voudrais lui expliquer : « Pardonne-moi, maman, maman chérie, je dois partir. Ce n'est pas vraiment ta faute, papa me manque. » Mais je ne dis rien. Je ne *veux* rien dire. J'ai si peur d'éclater en sanglots... Je fais de tels efforts pour avoir l'air grande et décidée...

Il faut que tu sois forte, me dis-je. Et je m'applique à la regarder comme si elle n'était plus ma maman, comme si je ne l'avais jamais vue : son visage plein, sain comme un fruit ; ces fines lignes verticales, autour de la bouche, que je remarque pour la première fois ; son regard clair ; ce bleu délavé que, soudain, je lui envie ; tiens, elle a trop épilé ses sourcils, cela lui donne un air éberlué... J'aimerais lui prendre la main, venir sur ses genoux et me blottir contre elle, comme avant. Mais il faudrait qu'elle fasse un geste... Un sourire... Elle ne bronche pas. Pas un élan, pas un mot, rien. Elle a posé son mascara sur la petite coiffeuse, et elle attend.

Je me dis qu'elle va pleurer, me supplier de rester : « Mon bébé, je te demande pardon, je t'aime, ne t'en va pas.» Elle ne bouge pas. Peut-être songe-t-elle que c'est mieux ainsi, que cela ne changerait rien. Peut-être sent-elle que, du haut de mes sept ans, j'ai pris ma décision...

Nous restons figées un long moment, face à face, clignant des yeux dans la lumière.

Elle esquisse un sourire, qui pourrait ressembler à un encouragement. Un moment, j'ai même le sentiment qu'elle est soulagée que je m'en aille. L'idée me bouleverse et je me surprends à faire un pas vers elle, un tout petit pas — comme si le dépit, conjugué à la peine, me faisait déjà regretter ce que je m'apprête à faire. Et puis non! Cette détresse au contraire... Ce désespoir qu'elle ne dissimule plus... Au bord des larmes à nouveau, mais rassurée, je me cale dans ma détermination et reprends ma petite valise. Ton joli visage blême, maman...

Ne sachant plus que dire, ni sur quel sentiment me fixer, je pars sans me retourner, comme dans les films, ou la chanson.

Je passe devant le mur aux photos, les

fameuses photos des années heureuses, ces images d'Epinal d'un bonheur mort-né. Photos écornées et jaunies, rires figés, visages méconnaissables... Papa et toi, adolescents, au bord de la piscine de Sivergues. Toi me tenant dans tes bras, à cinq ou six mois, chauve, et déjà si myope, tu m'appelais «mon petit bouddha». Papa et toi, encore, en noir et blanc, devant l'Autobianchi décapotable vert olive. Tous les trois, un peu plus tard, vous me tenez chacun par la main dans le jardin du Luxembourg: chemises à fleurs, bonnets rayés et chaussures compensées. Cette gaieté indécente et terrible... La tentation de les arracher, ces photos, de les piétiner: «Mensonges! Mensonges! Ces images ne sont que des mensonges!» Mais je me contente de baisser les yeux et continue mon chemin, ma petite valise plus lourde que je ne l'aurais cru. Pensez! Mes animaux en peluche, ma robe rouge, mes cahiers à dessin.

Je chancelle sous le poids. Surtout n'en rien laisser paraître. Rester bien droite, raide, dans le couloir étroit. Marcher comme un pantin, ou comme une grande, le pas net, bien saccadé.

Regarder une dernière fois l'appartement que je pense ne jamais revoir. Le lit à baldaquin... Le mannequin de cire, la moquette verte... Un peu de sueur perle sur mes tempes. Allez, Louise, ce n'est qu'un mauvais moment à passer. N'ai-je pas presque huit ans? Je crois que maman n'a jamais su combien j'avais eu de peine en la quittant.

Papa, qui m'attend déjà en bas de l'immeuble, ne pose pas de questions. Il me prend par la main. Nous nous engouffrons dans un taxi. «Papa, c'est quoi la république?» Il me regarde, un peu étonné. Puis entreprend de m'expliquer la droite, la gauche, le fascisme, la révolution — n'importe quoi plutôt que cette vie qui finit, et cette autre qui commence.

Mon chagrin, par la suite? Modéré. Et assez vite éclipsé par le bonheur de vivre — enfin — avec papa Mais le remords me saisit, parfois. Cette impression de l'avoir, en la quittant, aidée à se détruire... Car c'est après mon départ qu'elle a commencé de basculer. Les rendez-vous où elle ne va plus... Les amis qu'elle évite... Son visage amaigri... Ces journées entières passées au lit, à attendre on ne sait quoi, à fumer du tabac brun en comptant les lézardes au plafond... Et puis les photographes, les agences qui se lassent, la rumeur qui se répand, on ne peut plus compter sur Alice, Alice n'est plus ce qu'elle était...

Je te demande pardon, maman. De tout mon cœur, je te demande pardon. Tu ne ris plus, maintenant. C'est à peine si tu fronces encore le nez, quand on se revoit et qu'on se moque, ensemble, d'un Important. Oh, maman, je t'en prie, ris, ris encore, ris comme avant... Tu sais que tout cela n'est pas grave. Tu sais que je ne suis qu'un accident de parcours. Tu as été si peu là, n'est-ce pas ? Tu m'as tellement ignorée... Non, non, ne dis rien. Tu le sais bien. Je te gênais. J'étais de trop. M'as-tu jamais emmenée chez un médecin, offert des vacances convenables, sans drames ni grand-guignol, donné un conseil, m'as-tu jamais écoutée ? Entendue ?

Oui, bien sûr, c'est mesquin. On ne juge pas

l'amour d'une mère à l'aune de ces attentions banales. Comme tu as raison! Et pourtant...

Nous n'étions pas faites l'une pour l'autre, voilà la vérité. Non, non, laisse-moi finir. Tu n'avais pas que cela à faire, d'avoir une fille. Je comprends, je comprends tellement. Cela prend du temps, finalement, de rater une vie. Ce n'est pas si facile. Il en faut, de l'énergie, et surtout de la constance...

«Je ne suis pas d'accord, Minou, pas le temps de t'accompagner à l'école, pas le temps de t'apprendre à nager, pas le temps de te rendre heureuse. Il faut que je me suicide, que je couche avec une femme, que je cambriole une maison. Je te demande pardon, je suis en train de bousiller ma vie. Tu n'as pas ta place dans cette misère.»

Et, en même temps, c'est vrai que nous nous sommes aimées. Peut-être avons-nous pensé que cela se faisait, de s'aimer, entre mère et fille. Mais, tout de même, nous y avons cru. Avec douleur, maladresse, inquiétude, douleur encore, mais nous y avons cru. Et moi, et moi, malgré ce qu'on a pu me dire, malgré ce qu'on m'a raconté et que j'ai oublié, malgré nos rendez-vous manqués, malgré ce rendez-vous d'aujourd'hui, semblable, finalement, à tant d'autres rendez-vous où tu n'es pas non plus venue, malgré tout, malgré toi, envers et contre tous, malgré la drogue et la folie, le désespoir et la prison, malgré ton égoïsme, ton épouvantable égoïsme qui est aussi un péché contre toi-même, malgré ta désinvolture, malgré ta nonchalance, maintenant que tout est fini et la page tournée, maintenant qu'il ne m'arrive plus rien de toi, sinon des souvenirs en guise de tendresse et de chaleur, je voudrais que tu saches, maman, que je t'ai infiniment aimée.

C'est drôle, au fond. Tu m'as donné des choses si différentes. Le goût des jolis objets... Ce talent, qui m'est devenu si utile, de ne jamais tout à fait m'égarer dans les orages du monde... Tu m'as transmis, aussi, cette faculté d'éblouissement, et ce désir d'éblouir. Mais encore — et comment l'oublier ? et pourquoi le cacher? — ce désir de ne jamais, jamais, te ressembler. Maman, ma maman, mon anti-modèle absolu. Voilà. C'est comme ça. C'est là que nous en sommes.

Je pourrais t'expliquer mieux, aller plus avant dans la dette et la rancune. Mais à quoi bon? Pourquoi revenir sur le mal que tu m'as fait et sur ce que, sans le vouloir non plus, tu m'as donné? Tout cela est si loin. J'ai dix-huit ans et c'est si loin. Je t'attends depuis ce matin et, cette fois, je ne souffre plus.

Vois-tu, nos seuls moments de bonheur, il me semble que je les ai rêvés. Je les connais par cœur. Ce sont toujours les mêmes. Ce sont ces moments où j'attendais, dans mon lit, l'heure où je t'aurais toute à moi, comme avant. Je savais que tu allais venir. Je n'avais qu'à décider. Je t'attendais, je m'attendais à toi, et jamais tu ne me décevais. Toujours, tu venais, gaie et belle et joyeuse. Tu étais là, près de moi. Je te prenais la main, je t'emmenais avec moi, dans la nuit, et je te parlais enfin comme je n'avais jamais osé te parler. Je te disais ce que je ne te dirais plus, je te promettais ce que tu voulais : «Tu verras, maman, je reviendrai, nous revivrons un jour ensemble, nous serons heureuses, tu verras.» J'écoutais quelques notes de ton rire, je regardais ta beauté insolente, tes grands yeux tournés vers la lumière. Tu me murmurais que j'étais ton enfant et que tu m'aimais, que tu m'aimerais toujours. Tes cheveux roux couraient sur tes épaules. On se parlait toute la nuit, j'étais bien. Et puis, le matin arrivait. Il me trouvait là, seule, tournée contre le mur, alourdie de chagrin.

Et cela recommençait, le lendemain, et le surlendemain, à l'infini. C'était le seul moyen que nous avions d'être ensemble, heureuses ensemble. Tu avais raison, maman, l'«illusion du bonheur»...

20

Maman ne viendra plus. Pourquoi continuer, plus longtemps, cette comédie ? Je sais, maintenant, qu'elle ne viendra plus. Même le garçon de café le sait : lui aussi a fini son service, il vient encaisser sa tarte aux myrtilles, son thé à la vanille, ses cafés, c'est le moins gentil de tous, il me regarde à peine — il a compris, lui, que maman ne viendra pas.

Il fait presque nuit. Les ombres s'allongent sur la petite place où ils se sont rencontrés, jadis, il y a vingt ans. Ce pourrait être Elle. Ce pourrait être Lui. Mais non, bien sûr. Tout cela est fini. Un autre temps. Un autre monde. Les gens se hâtent tout à coup. Elle ne se hâterait pas comme cela. Maman ne se hâte jamais. J'ai toujours su, au fond, qu'elle n'allait pas venir. J'ai attendu toute la journée mais, au fond de moi, je le savais.

Ce n'est pas grave. C'est le jeu. Moi aussi, je vais m'en aller. Et moi aussi, je vais me hâter. « Neuf heures », a-t-il dit avec son sourire plein de promesse... Neuf heures... Je suis si heureuse. Car il viendra, lui, je le sais.

Ce n'est pas grave. C'est ainsi depuis le début. Encore une fois, pour la millième fois, nous avions rendez-vous et nous nous sommes manquées. Encore une fois, pour la millième fois, comme quand j'étais petite et que j'attendais la nuit et mes rêves pour te retrouver, j'ai passé ces heures à te voir et à penser à toi. Sais-tu que je t'ai plus vue, aujourd'hui, qu'en dix-huit ans ? Sais-tu que j'ai été plus près de toi en t'attendant qu'en te voyant ? Je t'attendrai toujours. C'est ainsi que je te retrouve.

Achevé d'imprimer
en mars 1996
par Printer Industria
Gráfica, S.A.
08620 Sant Vicenç dels Horts 1996
Depósito Legal: B. 44780-1995
pour le compte de
France Loisirs
123, boulevard de Grenelle,
Paris

Numéro éditeur : 26592
Dépôt légal : mars 1996
Imprimé en Espagne